प्यार है शायद

Rajat's Journey of Love and Sacrifice

विनीत पाल

INDIA · SINGAPORE · MALAYSIA

ISBN 979-8-89026-899-0

सूचि

प्रस्तावना

मेरा नाम विनीत पाल है। मैं पेशे से एक फोटोग्राफर हूँ और मैंने दुनिया के लगभग 52 देशों की यात्रा की है। अभी भी कर ही रहा हूँ। आप मेरी इन यात्राओं को मेरे instagram पर देख सकते हैं।

मैंने 2014 में लिखना शुरू किया था और मुझे कहानियाँ लिखना बहुत पसंद है। मैं अभी तक दो उपन्यास लिख चुका हूँ पर कभी किसी के साथ उनका साझा नहीं किया। इस उंपन्यास के सहारे मैं आपको अपनी कल्पनाओं की दुनिया दिखाना चाहता हूँ।

इस कहानी को 2014 में लिखना शुरू किया था और अब 2022 में इसे पूरा किया है। इस कहानी से मैंने अपनी लेखनी की कला की शुरुआत की थी और यह मेरे दिल के बहुत करीब है।

एक छोटी-सी बात कहना चाहता हूँ कि इस किताब का नाम मैंने 2014 में "शायद यही हैं प्यार" रखा था, परंतु 2022 में पता चला कि इस नाम की एक किताब पहले ही उपलब्ध है। किताब का नाम बहुत जरूरी होता है और ना चाहते हुए भी अंतिम समय में मुझे इसका नाम बदलना पड़ गया।

यह कहानी पूर्णत: काल्पनिक है।

प्यार के कई नाम होते हैं। ये कहानी एक साधारण व्यक्ति के असाधारण प्यार की है। कुछ बाते असल जिंदगी से हट कर हो सकती है। इसे बस एक कहानी के तरह पढ़ कर मजे ले। आप <u>Mail</u>, <u>Instagram</u> या <u>Twitter</u> के जरिए मुझ तक अपने विचार पंहुचा सकते हैं। अगर कुछ बाते सेना की असल दिनचर्या से ना मिले तो माफ कीजिएगा, मेरा उददेश्य किसी की भावनाओं को ठेस पहुँचना नहीं है। मैं आपसे बस प्यार और समर्थन की उम्मीद करता हूँ। अगर आपको ये कहानी पसंद आए तो अपने करीबी मित्रो के साथ साझा जरूर करे।

<u>पहला कदम</u>

यह कहानी रजत की है। रजत एक साधारण और सीधा साधा लड़का है। रजत की एक समस्या है कि वह सोचता है कि कोई उससे प्यार नहीं करता है इसलिए वह अपनी दुनिया में ही रहना पसंद करता है। रजत पायल नाम की एक लड़की से बहुत प्यार करता है, लेकिन वह कभी उसे अपनी भावनाओं का इजहार नहीं कर पाता था। रजत और पायल दोनों मुंबई में एक ही कॉलोनी में रहते हैं। पायल का परिवार एक साल पहले ही यहाँ आया था। पायल अपने पिता के साथ रहती थी, उसकी माँ के बारे में रजत को ज्यादा जानकारी नहीं थी।

सुबह-सुबह पायल जब कॉलेज जाती थी, तो रजत भी उसके पीछे-पीछे कॉलेज जाता था। वह उसके साथ बस की लंबी कतार में खड़ा रहता और बस में पायल के नजदीक बैठने की कोशिश करता था। हालांकि, पायल ने कभी ध्यान नहीं दिया कि कोई लड़का उसके लिए इतना पागल है। वह घर से हेडफोन लगाकर निकल जाती थी और दुनिया से बेपरवाह अपने कॉलेज जाती थी। इसलिए रजत हमेशा परेशान रहता था। उसकी चिढ़चिढ़ाहट के कारण उसने उन लोगों से भी दूरी बना ली थी जिन्हें वह अपना दोस्त कहता था।

रजत ने 12वी के बाद से कुछ करने की कोशिश नहीं की थी। वह पायल के साथ पढ़ना चाहता था। पायल इंजीनियरिंग की पढ़ाई कर रही थी लेकिन रजत को गणित से बहुत नफरत थी। फिर भी पायल के साथ उसने इंजीनियरिंग का टेस्ट दिया और नतीजा बेहद अनाश्चर्यजनक नहीं था। रजत फेल हो गया था। रजत मेहनती था, पर पढ़ाई में कमजोर था। रजत के पिता सरकारी डाक के एक अधिकारी थे। 12वीं के बाद बिना कुछ किए एक साल निकालना उन्हें आवारागर्दी लगती थी। रजत के पिता को उसकी फिक्र थी, जैसे कि हर पिता को अपने बेटे के लिए होती है। जब आप एक ही दफ्तर मे सालों काम करते हैं तो आपके घर जैसे संबंध बन जाते हैं जिनके साथ आप काम करते हैं। रजत के पापा को बहुत दिनों से परेशान देखकर एक साथी कर्मचारी ने पुछ ही लिए कि इतने परेशान-परेशान से क्यूँ रहते हैं?

'क्या छुपाऊ अब आपसे भाईसाहब, आप तो मुझे और मेरे परिवार को बरसों से जानते हैं। हमारे संबंध आफिस मे काम करने से लेकर घर के जैसे हैं। आप मेरे बड़े भाई जैसे हैं।' रजत के पिताजी ने कहा

'हाँ तो बताओ तो ऐसी कौन सी बात हो गई जो इतने दिनों से परेशानी मे हो और हमसे बोला भी नहीं? कुछ पैसों की दिक्कत हैं क्या?' साथी कर्मचारी ने कहा

'नहीं नहीं भाईसाहब ऊपर वाले की कृपा से पैसे को लेकर सब ठीक हैं। रजत के पापा ने कहा

हाँ तो बोलो फिर साफ साफ बात क्या हैं?' साथी कर्मचारी ने कहा

'भाई साहब बात ऐसी हैं कि मेरा एकलौता बेटा हैं रजत, अब 12 वी पास हुए 1 साल होने को हैं कुछ करना ही नहीं चाह रहा। बात करो तो जवाब ही नहीं देता हैं। रजत की माँ ने बताया कि मोहल्ले की एक लड़की हैं उसके आगे पीछे घूमता रहता हैं। ऐसे मे कैसे बनेगी जिंदगी। मैं तो सोच सोच कर परेशान हो रहा हूँ। बेटे को सही रास्ता कैसे दिखाऊँ कुछ समझ नहीं आ रहा।' रजत के पापा ने चिंतित होते हुए कहा।

'अच्छा तो ये बात हैं।' साथी कर्मचारी ने कहा

'मेरे पड़ोस मे एक लड़का हैं मेहनती हैं बिल्कुल अपने रजत जैसा। उसने भी 12वी पास किया हैं और वो सेना मे भर्ती की तैयारी कर रहा हैं। आप भी क्यूँ ना रजत को सेना मे भर्ती के बारे मे बताइए।'

'अभी वो बच्चा हैं जो कर रहा हैं वो तो सब करते हैं इस उम्र मे कोई नई बात नहीं हैं। बस आप उसका ध्यान लड़की से हटा कर कही और कर दीजिए। मैं तो कहता हूँ रजत जैसा मेहनती हैं उसका सेना मे हो जाएगा और समय के साथ ये सब भुल जाएगा।' थोड़ा सोचकर साथी कर्मचारी ने कहा

'लेकिन कैसे मैं उसको सेना कि भर्ती का बोलू समझ नहीं आ रहा उसके दिमाग मे तो वो लड़की ही हैं।' रजत के पापा ने कहा

'देखिए मेरा काम था आपको रास्ता दिखाना अब आपको रजत को कैसे राजी करना हैं सही रास्ते के लिए ये आप का काम हैं। अच्छे काम के लिए साम दाम दंड भेद सब का उपयोग कर सकते हैं।' साथी कर्मचारी ने कहा

'अगर गलत ना लगे तो एक उपाय हैं मेरे पास।' साथी कर्मचारी ने सोचते हुए कहा।

'हाँ बोलिए इसमे गलत सही क्या हैं। आप मदद ही कर रहे हैं मेरी।' रजत के पापा ने कहा

'मैं तो कहता हूँ शराब का सहारा ले लीजिए आपको बोलने मे आसानी होगी और रजत को सुनने मे।' साथी कर्मचारी ने कहा

'अच्छा मैं सोचता हूँ इस बारे में।' रजत के पापा ने कहा

बस फिर क्या था, वह आते वक्त भर्ती का एक फार्म अपने बेटे के लिए भी ले आये। उन्होंने रजत को बिना बताये उस फॉर्म को भर दिया। कुछ दिन बाद ही घर में परीक्षा के लिए प्रवेश-पत्र आ गया। रात को रजत के पिताजी उससे इस विषय में बात करने वाले थे पर उन्हे पता था कि रजत सेना की भर्ती के लिए मना कर देगा। रजत पायल से बहुत प्यार करता है और ये बात रजत के पापा अच्छे से जानते थे।

रजत उनसे खुल कर बात कर पाए इसके लिए रजत के पापा ने शराब का सहारा ले ही लिया। रात के लगभग 10 बजे जब रजत टीवी देख रहा होता है उसके पापा कमरे में प्रवेश करते हैं।

'रजत छत मे चलो कुछ बात करना हैं।' रजत के पापा ने कहा और जाने लगे।

रजत ने एक नज़र अपने पापा को देखा और फिर एक बार टीवी को।

रजत सोच मे पड़ गया कि ऐसा क्या कर दिया जो पापा ने छत पर बुला लिया?

अब पापा आगे आगे चल रहे और रजत पीछे-पीछे पर चलते चलते रजत का डर से बुरा हाल था वो यही सोच रहा था कि आज कल मे ऐसा कुछ किया हैं जो पापा से बात करना पड़ेगा। आमतौर पर भारतीय बच्चे अपने पिता से ऐसी बात करने से दूरी बनाने मे ही अपनी भलाई समझते हैं।

दोनों छत पर पहुंचते हैं, वहाँ घर का टेबल और दो कुर्सियाँ लगी थी। चाँदनी रात मे छत मे सब कुछ साफ साफ दिखाई दे रहा था। रजत के पापा एक कुर्सी पर बैठ गए और रजत को बैठने के लिए कहा। पापा की कुर्सी के नीचे एक थैली रखी थी जिसमें से उन्होंने दो कांच के ग्लास निकले। रजत ये देख कर कुछ-कुछ समझ गया था। इतने में ही रजत के पापा ने थैली में से शराब की एक बॉटल निकल दी और साथ में खाने के लिए मगुंफली के दाने भी निकल दिए। रजत के पिताजी उसके लिए गिलास में शराब निकल ही रहे थे की रजत बोल पड़ा:

'मै नहीं पीता हूं।'

'भले ही मैं तुम्हारा बाप हूँ पर साथ ही मैं एक दोस्त भी हूँ।' रजत के पापा ने उससे कहा।

पापा के ऐसे बात करने पर रजत सोचने लगा कि आज अचानक इनको क्या हो गया जो शराब घर पर लेकर आ गये।

'पर पापा मैं नहीं पीता हूं' रजत फिर बोला।

'अरे! कभी तो पियेगा तो मेरे ही साथ पी ले' पापा ने कहा।

'पापा मुझे ये सब पंसद नहीं है' रजत ने चिड़चिड़ा कर कहा

जब तक पापा दो पैग बना चुके थे।

'अगर माँ ने देख भी लिया तो हम दोनों को रात घर के बाहर गुजरनी पडेगी' रजत बोला

'अरे तेरी माँ सो गई है उसके सोने के बाद ही आया हूँ' पापा ने कहा

'पर.....' रजत बोला

'पर-वर कुछ नहीं,अपना पैग उठाओ' रजत के पापा ने कड़क आवाज़ में उसकी बात काटते हुए कहा और अपना पैग उठा लिया।

रजत ने भी अपना पैग उठा लिया और पापा के चीअर्ज़ कहने पे दोनों ने अपने जाम टकरा दिए। दोनों ने अपना-अपना पैग खत्म किया। चकना और शराब का दौर दो पैग के बाद थोड़ा ठंडा पड़ा। रजत के पिताजी पहले से शराब पीते थे और दो पैग उनके लिए आम बात थी और शायद यही कारण था की उन पर ज्यादा असर नहीं दिखा, लेकिन रजत पर तो नशा जैसे सवार हो चुका था। रजत के पापा का प्लान काम कर गया था। दोनों ही छत के सामने वाले हिस्से में बैठ के चांदनी रात का मजा ले रहे थे।

कुर्सी से उठते ही रजत को पता चला की उस पर नशा सवार हो चुका है क्योंकि वह डगमगा के चल रहा था। रजत शांत खडा नीचे सड़क पर जा रहे लोगों को देख रहा था और उसके पिताजी उसे देख रहे थे। रजत के पिताजी ने बात को घुमा के शुरू किया क्यूंकि सीधे मुद्दे पर आने से बात बिगड़ सकती थी। ये जानते हुए रजत के पिताजी ने अपना पहला प्रश्न किया।

'आगे का क्या सोचा है?' पापा बोले

रजत उनकी तरफ देखने लगा। पापा की तरफ देखते हुए उसको अहसास हुआ कि ये प्रश्न तो उसने कभी सोचा ही नहीं था, ना ही इसका उसके पास कोई जवाब था। रजत बस एकटक अपने पापा को देख रहा था। उसे आज एहसास हुआ था कि पायल के बारे में सोचते-सोचते वह अपने बारे में जैसे सोचना भुल ही गया था।

'या फिर पूरी जिंदगी पायल के पीछे ही भागना है' रजत के पापा ने उसको उसके ख्यालों से बहार निकलते हुए पूछा।

पापा के इस प्रकार कहने से रजत अचानक हडबडा गया। रजत को काटो तो खून नहीं। उसे लगा आखिर पापा को ये सब कैसे पता चल गया। रजत घबराने लग गया उसके घबराने को देखकर पापा बोले,

'देखो बेटा रजत मुझे सब पता है कि कैसे तुम रोज़ पायल के पीछे उसके कालेज जाते हो और कालेज की छुट्टी तक वही बाहर रहते हो और बाद में बस में वापस भी उसके साथ ही आते हो'

रजत अपने पापा के मुंह से ये सब सनुकर अपना मुंह छुपाने लगा पर उसे उतना डर नहीं लग रहा था जितना लगना चाहिए था। शायद ये शराब के कारण हो रहा था।

'देखो बेटा अगर ऐसा ही चलता रहा तो वह किसी और से शादी कर लेगी' पापा आगे बोले

रजत अचानक बोला, 'ऐसे कैसे किसी और से शादी कर लेगी' रजत की आंखो में गुस्सा साफ नजर आ रहा था।

पापा को शायद इसी पल का इंतजार था। वह मौका लपक कर बोले,

'अरे आ पहले बैठते है और ठण्डे दिमाग से बात करते है'

रजत वापस जाकर कुर्सी पर बैठ जाता है। पापा शराब की बोतल बंद करके रख देते है। रजत चूंकि अभी उन्नीस साल का ही था इसलिए उत्सकु था कि पापा आखिर कहना क्या चाहते है।

'देखो तुम सिर्फ 12वी पास हो और वह इंजीनियरिंग की पढाई कर रही है। इसका मतलब है तुम उससे पढाई के मामले में पीछे रह गय। मानता हूँ कि तुम ने इंजीनियरिंग की तैयारी की थी पर तुम पास नहीं हो पाये थे। अगर तुम आज जाकर उसके सामने अपने प्यार का इजहार करते हो तो वह तुम्हें यह कह कर मना कर देगी कि तुम आवारा हो' पापा ने समझाते हुए कहा

रजत बहूत ध्यान से बाते सुन रहा था।

'अब रजत तुम्हें उसकी नजरो में ऊंचा बनना पडेगा मतलब कोई हीरो वाला काम करना पडेगा' पापा ने आगे कहा

रजत सोच में पड गया कि ऐसा कौन-सा काम करूँ।

'एक काम ऐसा है जो तुम्हें उसकी नजरो में यहाँ तक कि उसके माता-पिता की नजरो में और समाज में हीरो बना सकता है' तभी पापा बोले

'वो क्या है पापा?' रजत ने तरुंत पूँछा

तभी रजत के पापा जगह से उठते है और अपने जेब से सेना की भर्ती का प्रवेश पत्र निकाल कर मेज पर रख

देते हैं और शराब की बोतल और ग्लास उठाके अंदर जाने लगते हैं।

'रात बहुत हो गई है कल मुझे ऑफिस भी जाना है' पापा ने कहा

पापा मड़ुते है और रजत प्रवेश-पत्र उठा लेता है। रजत के पापा मंद-मंद मुस्कुराते हुए नीचे चले जाते हैं। शायद वह जो काम करने आये थे वह हो चुका था।

* * *

आपस की बात

सबुह-सबुह अपने रोज की दिनचर्या के अनुसार रजत पायल के पीछे निकाल गया। पिछली रात उसने पापा के जाने के बाद बहुत सोचा था। उसे अहसास हो गया था कि पापा सही बोल रहे थे। बस में भी पायल को देखते-देखते रजत बस यही सोच रहा था कि मैं सेना में जाकर तुम्हारे लिए कुछ कर के दिखाउगा। पायल तो पहले की ही तरह कानो में हेडफोन लगा कर गाने सुनते हुए खिड़की के बाहर देख रही थी। पायल को कोई एहसास भी नहीं था कि कोई लडका उसके लिए अपनी जान छिड़कने तक को तैयार है।

'ऐ जी कल रात को क्या आपने सही किया? ' रजत की माँ ने नाश्ता लगाते हुये रजत के पापा से पूछा।

'देखो मैने शराब उसे केवल अच्छे से बात करने के लिए पिलाया था' पापा बोले।

'अरे! वह नहीं मैं पायल के बारे में बोल रही हूँ। पायल दूसरी जाति की लडकी है और मैने आपको रजत और पायल के बारे में केवल इसलिए बताया था क्योंकि मोहल्ले में हमारे बेटे के बारे में बहुत सी ऐसी-वैसी बाते चल रही हैं' माँ ने चिंतित होकर कहा।

'तुम चिंता क्यूँ करती हो मुझे भी पता है पायल दूसरे जात की लडकी है और मैने केवल इसलिए कहा था ताकि

हमारा बेटा अपनी जिंदगी में कुछ अच्छा काम करे' रजत के पापा ने उत्तर दिया।

'अभी वैसे भी वह केवल 19 साल का ही है। उसे मैंने इसी ढंग से समझाया कि उसे लगे कि कोई तो उसके साथ है और मैं पायल और उसकी शादी के लिए राजी हूँ ताकि वह सेना में भर्ती में मन लगा सके' रजत के पापा ने अपना तर्क रखा।

'अभी हमारे मुन्ने में बचपना है कही कुछ गलत ना कर जाये' माँ ने चिंतित होते हुये कहा।

माँ ने बात आगे जारी रखी और कहा, 'हमारे बेटे के पायल के लिए इस जुनन के कारण इसके सभी दोस्तो ने भी इससे दोस्ती तोड दी है। ये 12वी के बाद से कुछ करता भी नहीं है, बस दिनभर पायल के कालेज के चक्कर काटता रहता है'

'अरे! तुम चिंता मत करो देखना मेरा बेटा सेना में भती जरुर होगा। वह भी केवल उस लडकी के कारण लेकिन मेरे ख्याल से बढती उम्र के साथ उसकी दीवानगी कम हो जायेगी और मैंने पायल के पापा से बातो ही बातो में पायल की बात की थी' रजत के पापा ने आगे बताया।

'क्या कहा पायल के पापा ने?' माँ ने उत्सुकतापूर्वक पूछा।

कह रहे थे कि बस इंजीनियरिंग को 3 साल बचे है फिर वह पायल की शादी कर देंगे। उन्होने लडका देखकर रखा है, डाक्टर है दिल्ली में' रजत एक पापा ने कहा।

'ये तो बहुत अच्छी बात है।' माँ ने खुश होकर कहा।

इस पर पापा तुरंत बोले 'पर ये आपस की बात है। बेटे को कानो कान खबर नहीं लगना चाहिए'

'मै तो नहीं बताऊगी पर ये खबर सुनकर मैं बहुत खुश हूँ' माँ ने मुस्कुराते हुये कहा।

'बस रजत को लगे की सेना में जाकर ये पायल से शादी कर सकता है' पापा बोले और उठकर ऑफिस के लिये निकाल गए।

रजत बस में बैठकर पायल की तरफ देख रहा था और सोच रहा था कि सच बात तो हैं, मैं 12वी पास और पायल कॉलेज जाती हैं। किस मुंह से पायल के पास जाकर बात करूंगा। मुझे कुछ करना ही होगा इससे पहले पायल किसी और को पसंद करने लग जाए।

रजत अगले स्टेशन पर उतर जाता हैं। अपनी जेब से प्रवेश-पत्र निकलता है और उसको ऐसे चुमा मानो वह पायल का चेहरा हो और जोर से चिल्लाया भारतीय सेना मैं आ रहा हूँ।

* * *

सबसे अच्छा दिन

रजत के घर जल्दी आ जाने पर माँ को थोडा आश्चर्य होता है।

'बेटा! आज इतना जल्दी कैसे आ गया?' माँ ने पूछा।

'कुछ नहीं माँ, मुझे कुछ काम है इसलिए आ गया' रजत ने नजरे बचाते हुए बोला।

रजत की मम्मी उससे आगे सवाल पूछना चाहती थी पर उन्होंने न पूछना उचित समझा और घर के काम करने लगी। जब माँ झाड़ू लगा रही थी तब रजत माँ के पास आता है और कहता है।

'माँ क्या कुछ रूपये मिल सकते है?' रजत ने थोड़ा हिचकिचाते हुए पूछा।

वह अपनी माँ को ये बताने में शर्मा रहा था की उसे सेना में भर्ती की पढ़ाई के लिए किताब चाहिए।

'अभी तो सुबह पचास रूपये दिये थे। इतने जल्दी फिर से किस बात के लिये पैसे चाहिये? माँ ने पूछा

'माँ वह ... वह मुझे ...' रजत माँ को अपनी बात नहीं बोल पा रहा था।

माँ बात को समझते हुए बोलती है 'कितने चाहिये?'

रजत थोडा हिचकिचाते हुए कहता है, 'माँ वह ... मुझे ... 500 / -रूपये चाहिए थे' वह थोड़ा डरा हुआ था क्योंकि 500 रुपये बहुत होते हैं।

माँ बिना कुछ बोले अन्दर के कमरे में चली जाती है। रजत के मन में केवल एक ही सवाल घुमता है वह है कि क्या माँ से पैसे मिलेंगे? 500 रूपये तो बहुत ज्यादा है पर किताबे भी तो कम की नहीं आती है। अगर माँ ने पैसे नहीं दिये तो किताबे कैसी आयेगी? मैं पढूँगा कैसे? अचानक पायल का ख्याल भी आने लगता है। रजत ये सब बाते सोच ही रहा था कि माँ अन्दर से आ जाती है। रजत माँ की तरफ देखता है। माँ रजत को 500 / -रूपये देती है। पैसे देखकर रजत की आँखो में खुशी आ जाती है और वह अपनी माँ को गले लगा लेता है।

'तू दुनिया की सबसे अच्छी माँ है। तू ही मेरे लिये सब कुछ है।'

'हाँ-हाँ बस-बस अब ये ड्रामा करने की कोई जरूरत नहीं है' माँ हँसते हुए कहती है।

रजत मुडकर बाहर जाने लगता है इतने में माँ कहती है, 'बेटा! अच्छे से पढना'

रजत आश्चर्य से पीछे पलटकर देखता है और मुस्कुरा देता है। वाकई में माँ सब जानती है रजत मन ही मन सोचते हुये बाहर निकल जाता है।

रजत उसी दिन किताबे खरीद कर ले आता हैं। घर पहुँचकर अपने रूम की टेबल को साफ करता है। ऐसा लग रहा था जैसे बरसों से ये मेज किसी किताब का बेसब्री से इंतजार कर रही है। उस पर एक साल से आलतू-फालतू

सामान ही रखा था। रजत बड़े प्यार से उसे साफ करता है। उस पर नई कापी किताबे रखता है। उसे इन चीजो को व्यवस्थित ढँग से रखना पंसद था। फिर वो एक खाली कोलड्रिंक का कैन (जो कई दिनो से बिस्तर के नीचे रखा है) निकालता हैं। उसे ऊपर से काटकर उसमें पैन एवं पेन्सिल बड़े प्यार से रखता है। कुर्सी को अच्छी तरह से साफ करता है। कुछ देर साफ सफाई करने के बाद कुछ दुर जाकर खड़ा होता है और एक बार मेज की तरफ देखता है। मेज की साफ-सफाई देखकर उसे काफी ख़ुशी होती है। लेकिन मेज की साफ-सफाई से ही परीक्षा पास नहीं कर सकते है। रजत को नई सोच के साथ एक लक्ष्य भी मिल गया था।

वह कहते है ना यदि शुरूआत अच्छी हो तो मन भी अच्छा रहता है। इसलिए साफ सफाई करने के बाद रजत नहाने चला जाता है। नहाकर आने के बाद वह अच्छा महसूस कर रहा था। वह कुर्सी पर बैठता है और एक बार मेज को देखता है। वह सोच रहा था कि वह कुछ भूल रहा है। अचानक मेज से उठता है फिर अपने कमरे से बाहर जाता है और घर के ही अन्दर बने मंदिर के कमरे में चले जाता है। वहाँ सबसे पहले गणपति जी के पैर पढता है और उनसे सफलता के लिये प्रार्थना करता है। बड़े ही दिनों के बाद आज वो भगवान को अगरबत्ती चढ़ाता है।

रजत को लग रहा था कि उसकी माँ का ध्यान उनके दोपहर के टीवी सीरियल में है जिसके लग जाने के बाद वह अक्सर किसी और ही दुनिया में चली जाती हैं पर सोफे पर बैठी उसकी माँ दिन-भर उसकी इस भागा दौड़ी

को देख रही थी। शाम को भी जब खाना बनाने का समय होता है तब उसकी माँ की सब्जियाँ टीवी के सामने ही काटती है।

रजत अक्सर अपनी माँ को गाली देते हुये सब्जियो पर गुस्सा निकालते देखता था। असल में वह गुस्सा सीरियल की विलेन के लिये होता था। माँ सब्जियो को ऐसे काटती मानो उस विलेन की गर्दन काट रही हो। कभी-कभी उसने माँ को रोते हुये भी देखा, वह भी केवल टीवी के सिरियल की बेचारी हीरोइन के लिए जिसे विलेन (जो की अक्सर हीरोइन की सास होती थी) बात-बात में तंग करती रहती थी। रजत को तो ये सब बकवास ही लगता था इसलिये पायल के साथ कालेज से आने के बाद दोपहर को उसका ज्यादातर समय अपने रूम में पायल के बारे में सोचते हुये या कम्प्युटर में काम करते हुये ही निकलता था। 10वी में ही रजत के पिताजी ने रजत के लिये कम्प्युटर खरीद दिया था ताकि रजत भी दुनिया के साथ कदम मिला कर चल सके। कम्प्युटर में ज्यादा समय बिताने के कारण रजत का कम्प्यूटर में हाथ अच्छा था। उसका शाम का वक्त बालकनी में ही बितता था क्योकि हर शाम को पायल भी पढने के लिये बालकनी में आती थी और अपनी पढाई करती रहती थी।

ये तो हुई पुरानी बाते पर आज तो बात कुछ और ही थी। आज उनका बेटा कुछ नया और अच्छा करने जा रहा था। जब रजत उठकर पूजा करने आया था तब रजत की माँ एक बार रजत के रूम को देखकर आ चुकी थी और

आज उनका ध्यान टीवी सिरियल में कम और रजत पर ज्यादा थी। वह यह सब रजत के पिताजी को बताने के लिए काफी उत्सुक थी।

रजत रूम पर आकर कुर्सी में बैठता है उसके हाथ में प्रवेश पत्र होता है। रजत आज ही के दिन में दसवीं बार परीक्षा की तारीख देखता है। पेपर को केवल तीन महीना बचा था। रजत को अच्छे से पता था कि तीन महीने में पुरी तैयारी करना लगभग असंभव था पर जब आप सच्ची लगन से काम करते है तो वह काम असंभव नहीं लगता है। रजत ने कापी के बीच से दो पन्ने फाडे। उसपर उसने समय सारणी लिख दी। उसने दिन की शुरुवात सुबह 4 बजे उठने और दौडने जाने से करने की सोची। ऐसे ही उसने पूरी दिन की दिनचर्या परीक्षा के लिये बनाई थी। रजत को पता था कि उसे क्या करना है।

वह यह भी जनता था की केवल लिखित परीक्षा में पास होकर कुछ नहीं होने वाला था। यहाँ पर लिखित परीक्षा के साथ-साथ शारीरिक परीक्षा में पास होना भी जरूरी हैं। वैसे भी लिखित परीक्षा से कई ज्यादा मुश्किल होती है शारीरिक परीक्षा। सबसे बडा लक्ष्य था दौड में पास होना जिसके लिये काफी मेहनत करनी पडती है। रजत को इन सब की इतनी जानकारी नहीं थी। ये सब उसे तब पता चला जब उसका एक दोस्त जो सेना में भर्ती देने गया था, नाकाम होकर लौट आया और अपनी दुखभरी दास्तां सबको सुना रहा था।

रजत अच्छे से जानता था की अगर उसे सेना में जाना है तो उसे इन सब परीक्षाओं को पार करना होगा।

इसलिये उसने समय सारणी बनाई थी। अब अगर बात लिखित परीक्षा की करे तो इसमें तो जैसे रजत के सामने राक्षस खडा था और वह राक्षस था गणित। इसके अलावा और भी विषय के पेपर थे पर वह रजत के लिये इतने कठिन नहीं थे जितनी गणित थी।

रजत गणित के बारे में सोच ही रहा था कि बाहर किसी की माँ के साथ बात करने की आवाज आई। रजत ने उनपर ध्यान न देकर ये सोचने लगा कि गणित के विषय का क्या किया जाये। इतने में माँ ने रजत को आवाज लगाई,

'रजत बेटा, सामने वाली आन्टी आई है। जरा आकर नमस्ते बोल दो।'

रजत को गुस्सा आने लगा वैसे ही गणित कम परेशान कर रही है जो ये मोहल्ले की आंटी आ गई। रजत परेशान मुख के साथ बाहर आता है। मुम्बई जैसे शहर में अकसर पडोसी से ज्यादा नाता नहीं होता है इसलिये रजत की मम्मी रजत को आंन्टियो से मिलवाती रहती थी ताकि समाज में बेटे को भी लोग जाने।

'बेटा ये आंटी सामने रहती है। जॉब पुणे के पास छोटी जगह में हैं तो यहाँ कम ही आती हैं। बस छुट्टियों में परिवार के साथ थोड़ा समय बिता पाती हैं। आज कुछ काम से आई थीं और हम बाहर ही मिल गये। तुम्हारे बारे में बताया तो मिलने का बोले दिया नमस्ते करो आंटी को।'

'नमस्ते आन्टी' रजत ने रुखे स्वर में कहा।

'नमस्ते बेटा! क्या हुआ, थोडा परेशान दिख रहे हो' आन्टी ने चेहरे को समझते हुये पूछा।

'कुछ नहीं आन्टी' रजत ने जवाब दिया। अब पडोस की आन्टी को क्या बताये की गणित नहीं बनती है मुझसे।

'बेटा! आपकी मम्मी बता रही थी कि आप सेना के लिये पढ़ाई कर रहे हो। ये तो बहुत अच्छी बात है।' आन्टी ने बात को आगे बढ़ाते हुये कहा।

रजत ने मम्मी की तरफ देखा और मन ही मन कहा अगर इनको कुछ बात पता चली तो इसका मतलब है पूरे मोहल्ले को बात पता चल जायेगी।

'हाँ आन्टी पापा ने सेना की भर्ती के लिये मेरा फार्म भरा था।'

'बेटा अगर कुछ परेशानी होगी तो बता देना शायद मैं तुम्हारी कुछ मदद कर सकूँ।' आंटी ने कहा

'जी आन्टी मुझे गणित समझ में नहीं आती, समझ नहीं आ रहा क्या करूँ?' रजत ने एकाएक अपनी परेशानी आन्टी के सामने रख दी।

रजत ने पता नहीं क्यूँ आन्टी को अपनी परेशानी के बारे में बता दिया। कभी-कभी आप सामने वाले से अपेक्षा करने लगते है और उसे अपनी परेशानी के बारे में बता ही देते है। आप अजनबी को वो बात बता देते हो जो अपने करीबी को भी नहीं बता सकते।

'अच्छा तो तुम इसलिये परेशान थे?' आन्टी ने समझते हुये कहा

'इसके लिये मैं तुम्हारी मदद आराम से कर सकती हूँ।' आन्टी ने कहा

रजत आन्टी की बातो को सुन कर थोडे आश्चर्य और थोडी उत्सुकता के साथ आन्टी को देख रहा था।

'वो कैसे आन्टी?' रजत ने उत्सुकता के साथ पुछा।

'मेरी बेटी तुम्हे गणित पढा देगी। उसकी गणित बहुत अच्छी है और वह इंजिनियरिंग की पढ़ाई भी कर रही है।'

रजत खडा सन्न रह गया और आन्टी को पहचानने की कोशिश करने लगा। कही ये ... नहीं-नही ऐसा कैसे हो सकता है। ये किसी और की माँ होगी।

आन्टी रजत की माँ कि तरफ देखते हुये कहती है, 'अपनी पायल पढ़ा देगी गणित।'

रजत का दिल धक्क से रह गया। उसे अपने सुने हुये पर यकीन ही नहीं आ रहा था। रजत का चेहरा देखने लायक था। जिस लडकी को वह चाहता है, जिसे वह बेइन्तिहा मोहब्बत करता है, जिसके लिये वह सेना में जाना चाहता है। वह उसे गणित पढ़ायेगी।

'आज शाम को मेरे घर आ जाना सामने से तीसरा मकान' आन्टी ने कहा।

'जी शुक्रिया आन्टी मैं शाम को आ जाऊँगा।' रजत की उत्सुकता छुपाने से भी नहीं छुप रही थी, पायल की माँ को लगा की गणित की समस्या हल हो जाने के कारण रजत बहुत उत्सुक है पर रजत की माँ तो अच्छे से सब कुछ जानती ही थी।

'अच्छा अब मैं चलती हूँ।' आन्टी ने रजत की माँ की तरफ देखते हुये कहा और उठ कर चली गई।

रजत ने माँ की तरफ देखा और बोला, 'माँ मैं कमरे में जा रहा हूँ' और चला गया।

रजत रूम में जाते ही डांस करने लगता है। आज उसकी जिन्दगी का बहुत अच्छा दिन था।

'यार! ये सेना में भर्ती तो बहुत ही अच्छी है मेरे लिये, घर वाले खुश है। आज सासुजी ने भी खुद आगे होकर अपनी बेटी से मिलने के लिये कहा है। ये पहले पता होता तो भर्ती का फॉर्म कब का भर देता' रजत मन ही मन सोचने लगा।

अब केवल चाहता हूँ कि शाम जल्दी हो जाये। वह मेज पर से दुसरे विषय की पुस्तक उठा कर पढने लगता है।

* * *

पढ़ाई-लिखाई

पायल कालेज से आकर सीधा किचन में जाती है, जहाँ उसकी माँ रात के लिये खाना बनाने की तैयारी कर रही होती है। वह खाने की टेबल पर बैठ जाती है, अपने पैरो को कुर्सी पर रखती है और टेबल पर कांच के कटोरे में रखे सेब में से एक को उठा कर खाने लगती है।

पायल को देखकर उसकी माँ उससे से कहती है,

'पायल हमारे पडोस में एक लडका है, तुम्हारी उम्र का है। उसे थोडा गणित पढा देना, उसे सेना के लिये तैयारी करना है और उसे गणित समझ में नहीं आती है। उसे थोडी मदद मिल जायेगी।'

'माँ आप भी कहाँ समाजसेवा में लगी रहती है, मुझे किसी को भी नहीं पढाना है।' पायल ने गुस्से में कहा।

'बेटा! तुम्हे केवल गणित पढाना है। बहुत परेशान हैं वो कि उसको गणित कठिन लगती हैं। किसी का भविष्य बन जाएगा और मैंने उसे कह दिया कि मेरी प्यारी बेटी जो गणित मे अव्वल हैं वो पढ़ा देगी। उसे चिंता करने कि कोई जरूरत नहीं हैं। अगर तू कहे तो मना कर दूँगी।' माँ ने पायल से कहा।

'चलो ठीक है मैं पढा दूँगी इतना भी ड्रामा करने कि जरूरत नहीं हैं माँ, वैसे कब आ रहा है वह हमारे घर?' पायल ने पूछा।

'आता ही होगा। मैंने उसे शाम को आने के लिये कहा था।' माँ ने सब्जी काटते हुये कहा।

थोडी ही देर बाद रजत घर के सामने खडा होता है उसके हाथ में गणित की किताब, लिखने के लिये एक कापी और दो पेन थे। वह पूरी तरह से पढाकू लगने की कोशिश कर रहा था। पायल के घर आने से पहले वह एक और बार नहा चुका था।

रजत ने बेल बजाई और दरवाजा पायल की माँ ने खोला।

'आओ बेटा! अन्दर आ जाओ।' पायल की माँ रजत को अन्दर बुलाती है।

'नमस्ते आंटी' रजत ने पायल की माँ को देखते हुये कहा।

'नमस्ते बेटा' पायल की माँ जवाब देती है।

रजत और पायल की माँ सोफे पर बैठ जाते है।

'पायल! जरा सुनना' पायल की माँ पायल को आवाज लगाती है।

'आई माँ' पायल कहती है और बाहर आ जाती है।

'बेटा! इससे मिलो। ये है रजत। तुम्हे इसे ही गणित पढाना है।'

'हेल्लो' पायल रजत से कहती है और आकर बैठ जाती है।

'हाय' रजत जवाब देता है।

पायल की मम्मी किचन में चली जाती है।

'अच्छा तो आप सेना में जाना चाहते हैं।' पायल बात को आगे बढ़ाते हुए कहती हैं।

'हाँ सेना के लिये फार्म भरा है पर मेरी गणित बहुत कमजोर हैं।'

'चलिये मैं देखती हूँ कि हम क्या-क्या कर सकते हैं। कोशिश करेगे की आपकी सेना में भर्ती हो ही जाये।'

'जी मैं भी पूरी कोशिश करूँगा।' रजत जवाब देता है।

'हाँ अगर तीन महीने आप कोशिश कर लेगे तो आप आराम से पास हो सकते हैं।' पायल जवाब देती हैं।

उतने में पायल की माँ चाय लेकर आती है और तीनो साथ में चाय पीते है।

चलो मेरे कमरे में चलते है। पायल कह कर उठती हैं। दोनों पायल के कमरे में जाते हैं।

पायल का कमरा सभी लडकियो की तरह था एक दम साफ-सुथरा। अलमारी के ऊपर बडा-सा टेडी बीयर रखा था। दीवार पर रणबीर कपूर और शाहिद कपूर के पोस्टर लगे थे। पंलग पर गुलाबी कलर का चादर और तकिया रखी थी। टेबल पर पायल के माता-पिता की फोटो फ्रेम रखा था। दीवार पर एक डिजायनिंग अलमारी रखी थी जिस पर बहुत-सी किताबे रखी हुई थी।

पायल जाकर कुर्सी पर बैठती है और रजत को साथ वाली कुर्सी पर बैठने के लिये कहती है। रजत जाकर बैठ जाता है और दोनों पढ़ाई शुरू करते हैं।

रजत के पिताजी घर पहुँचते हैं तो उन्हें रजत कहीं नहीं दिखाई देता है।

'रजत कही दिखाई नहीं दे रहा है।' पिताजी रजत को ढुँढते हुए कहते हैं।

रजत की माँ पानी लेकर आती है और उन्हे दोपहर की घटना बताती हैं।

'अभी भी वह सामने वाले घर में ही हैं, मैं तो कब से राह देख रही हूँ।'

'जरा रुको! मैं देख कर आता हूँ।' पिताजी कहते है।

रजत के पिताजी टहलते हुये पायल के घर जाते है जहाँ पायल के पिताजी बाहर की कुर्सी में बैठे पेपर पढ़ रहे होते है। वह रजत के पिताजी को देखकर उन्हे बुलाते है।

'अरे! आईये भाईसाहब अन्दर आईये। चाय पीयेगे क्या?' पायल के पिताजी चाय के लिये पुछते है।

'जी नही! शुक्रिया' रजत के पिताजी कहते हैं।

'ऐसे कैसे हो सकता है। अरे! जरा सुनो दो कप चाय लाना।' पायल के पिताजी उसकी माँ से कहते हैं।

'जी अभी लाई' अन्दर से आवाज आती है।

'रजत अन्दर है क्या?' रजत के पिताजी पूछते हैं।

'जी हाँ आपका लडका बहुत मेहनती है 3 घण्टे से गणित पढ रहा है। लगता है उसकी मेहनत जरूर रंग लायेगी।' पायल के पिताजी कहते है। पायल की माँ चाय लेकर बाहर आती है।

'नमस्ते भाईसाहब! आज इधर का रास्ता कैसे भूल गये।' पायल की माँ पूछती है।

'मैं तो यू ही टहल रहा था। ये दिख गये तो यू ही हाल-चाल पूछने आ गया। पडोसी से तो हालचाल पूछना ही पडेगा और अगर पडोसी बैंक में हो तो पूछना तो बनता ही हैं।' तीनो हँसने लगते हैं। इतने में रजत बाहर आता हैं।

'अरे! बेटा आ गये? कैसा रहा दिन?' रजत के पिताजी रजत से पूछते है।

'अच्छा दिन रहा पापा और अगर थोडी मेहनत कर लू तो पास जरूर हो जाऊँगा।' रजत बोला

'अच्छा आन्टी अब मैं चलता हूँ। मैडम जी ने होमवर्क दिया है, पूरा नहीं किया तो दण्ड भी मिल सकता हैं' कहकर रजत मुस्कुराते हुये घर चला जाता हैं।

रात में रजत होमवर्क पूरा करता है और साथ में दूसरे विषय पर भी पुरा ध्यान देता हैं। रजत सभी विषय को देखकर ठीक 11 बजे सो जाता है जैसा कि समय सारणी में लिखा होता हैं क्योकि उसे 4 बजे उठना होता है।

रजत अब रोज सुबह चार बजे उठ कर ग्राउंड में दोडने जाने लगा था और शाम को पायल उसे गणित पढाती थी। रजत की लगन और मेहनत से सभी खुश थे और अब तो 25 दिन के बाद पायल को भी रजत अच्छा लगने लगा था। रजत को पढाने के बाद पायल उसे कालेज के बारे में बताती थी। दोनों में काफी अच्छी दोस्ती हो गई थी।

रजत अब 1600 मीटर की दौड़ को 8 मिनिट में पुरा कर रहा था पर ये काफी नहीं था। उसे 1.6 किलोमीटर 5

मिनिट 30 सेकंड में पुरी करनी थी, जिसे उसने कवर कर ही लिया था। 10 पुलअपस भी वो आराम से मार लेता था। साथ ही साथ 9 फिट लंबी जम्प की तैयारी भी अच्छे से कर लिया था जो सब सेना मे भर्ती होने के पहले पढ़ाव मतलब शारीरिक परीक्षा के लिए बहुत जरूरी था।

* * *

<u>परीक्षा</u>

शारीरिक परीक्षा का समय आ गया था, जिसके लिये रजत ने बहुत मेहनत की थी। इसमे तीन पडाव पास करने होते हैं जो की हैं दौड 1.5 किलोमीटर को केवल 5 मिनिट और 30 सेकंड में, 10 पुल अपस करना और अंत मे 9 फिट लंबी कूद।

रजत सुबह जल्दी उठता है जो लगभग तीन महीने में उसकी आदत बन गई थी। वह 4 बजे उठते ही दौड़ने चला जाता है। कल उसे दौड में पास होना जरूरी है। आज दौडते-दौडते रजत के मन में बहुत-सी बाते घूम रही थी जैसे अगर उसने समय पर दौड नहीं पूरी की तो पायल उसे कभी नहीं मिलेगी, रजत के मन में ये ख्याल आते ही वह अपनी रफ्तार बढ़ाने लगता है लेकिन इसी के कारण वह जल्दी थक भी जाता है।

अगर ऐसा दौड के समय होगा तो रजत पायल को खो भी देगा। वह ग्राउंड से हटकर थोडा आराम करता है। सुबह के 5 बज चुके थ, 5 बजे तक ग्राउड में बहुत से लोग आ गए थे। रजत जहाँ पर बैठा था, वहा पर ही एक बुजुर्ग आकर रजत के बगल में बैठ जाता है।

वो दिखने में एकदम तंदरूस्त थे। वे भी हर रोज सुबह आते थे। वहाँ पर रजत हमेशा उन्हे देखकर मुस्कुरा देता

था और बदले में वह बुजुर्ग भी मुस्कुरा देते थे पर आज बात कुछ और थी, रजत दौड के कारण थोडा परेशान था।

'क्या बात है बेटा! आज कुछ परेशान लग रहे हो?' बुजुर्ग ने रजत की और देखते हुये कहा।

'जी नही, कुछ नहीं अंकल वो बस...' रजत बात पूरी किये बिना ही चुप हो जाता है।

'अरे! बेटा बता दो। बताने से मन हल्का हो जाता है।' अंकल ने दिलासा देते हुये कहा।

'अंकल दरअसल कल सेना का शारिरीक परीक्षण है और मुझे ऐसा लग रहा है कि मैं दौड में कही फेल हो गया तो मैं सेना में भर्ती नहीं हो पाऊगा।' रजत ने अपना डर बताया।

'हा हा-हा' बुजुर्ग एकाएक हँसने लगे। 'अरे! इसमे परेशानी की बात नहीं है। मैने तुम्हे दौड़ते हुये, रस्सी चढते और पुस अप लगाते देखा है, तुम्हारा चयन आराम से हो जायेगा।' बुजुर्ग ने कहा।

'अंकल लेकिन मैं एकाएक तेज दौडने लगता हूँ फिर थक जाता हूँ।' रजत बोला

'मेरे ख्याल से तुम्हारे मन में कोई और बाते चलती है इसलिये तुम तेज दौडने लगते हो। मेरी बात मानो, तुम केवल दौडने के बारे में सोचो यही अच्छा होगा और फिर नतीजे की फिक्र मत करो तुम जरूर सफल होगे क्योकि तुम मेहनती हो।' बुजुर्ग ने बात पूरी करते हुये कहा।

'धन्यवाद! अंकल आप सही कह रहे है अभी मुझे अपना ध्यान केवल रेस पर लगाना चाहिये।' रजत आत्मविश्वास के साथ कहता है।

'बेस्ट ऑफ लक' अंकल कहते है और उठकर चले जाते है।

रजत सोचता है कभी-कभी कोई अनजान व्यक्ति भी ऐसी अच्छी बात बोलकर चले जाता है जो कोई अपना भी नहीं बता पाता और उठकर दौडने लगता है। उसने निश्चय किया की अब वह पायल के बारे में नहीं सोचेगा और कल के लिये पूरी म्हणत से तैयारी करेगा।

(अगले दिन)

रजत के जाने का समय हो जाता है। वह माँ-पिताजी के पैर पढकर आशीर्वाद लेता है। आज पायल भी उससे मिलने आई है। रविवार का दिन होने के कारण पायल को भी रजत से मिलने का वक्त मिल गया है।

'आज अच्छे से मन लगाकर कठनाईयो का सामना करना और देखना अंकल आंटी को तुम पर नाज होगा।' पायल रजत से कहती है

'थेक्स पायल मैं पूरी कोशिश करूंगा' रजत ने पायल के सवाल का जवाब दिया।

रजत की माँ अन्दर से दही-शक्कर लेकर आती है और घोलते हुये बोलती है 'बेटा! शुरूआत मीठे से करो तो सब अच्छा होगा' और वह दही रजत को खिला देती है।

'ठीक है पापा, माँ और पायल अब मैं चलता हूँ' और कहकर निकल जाता है।

रजत के जाने के बाद पायल भी अपने घर चली जाती है और रजत की माँ सीधे मन्दिर में (जो घर के अन्दर था) प्रार्थना करने लगती हैं।

'हे गणपति बप्पा मेरे बेटे की नौकरी लग जाये तो मैं नंगे पैर रजत के पापा के साथ आपके मंदिर जाऊंगी और दस नारियल चढाऊंगी' रजत की माँ पैर पढती है और उठ कर चली जाती है।

थोडी देर बाद जब रजत की माँ कुछ काम करने चली जाती है तो रजत के पिताजी मन्दिर में आते है। 'हे गणपति बप्पा अगर रजत का चयन सेना में हो गया तो मैं आपको 15 नारियल और-और एक किलो शुद्ध देशी घी के लड्डू चढ़ाऊंगा।' ऐसा ही कुछ हाल पायल के घर पर भी था।

'हे भगवान! रजत का चयन हो जाये तो मैं... मैं सिध्दिविनायक में आपको 5 नारियल चढाऊंगी।' पायल ने रिश्वत देते हुये कहा और पैर पढकर चली गई।

सभी के सभी भगवान् को रिश्वत देने में लगे हुये थे। कोई लड्डू तो कोई नारियल चढा रहा था। आजकल कोई रास्ता नहीं मिलने पर लोग भगवान को रिश्वत देने में भी झिझकते नही।

खैर रजत मैदान में पहुँच जाता है। उसी के साथ सैकडो लोग और भी आये हुए थे।

मैदान के अंदर जाने से पहले रजत को सबके तरह पहले टेस्ट से पास होना जरूरी था वो था शरीर की लंबाई जिसके लिए सेना के पास एक अद्भुत तरीका था वो था मैदान मे जाने से पहले ही गेट पर दो लोहे के दरवाजे पर एक रस्सी लगा देना जिसके नीचे से होकर सबको निकलना था। जो उस रस्सी से नहीं टकरा पाएगा समझो वो बाहर क्यूंकि रस्सी को उसी हाइट मे रखा था

जितना सेना में भर्ती होने के लिए न्यूनतम थी। रजत ने ये आसानी से पास कर लिए क्यूंकि रजत की उचाई तय मापदंडों के हिसाब से बिल्कुल सही थी।

रजत अंदर जाता हैं। रजत कपडे बदलकर, हाफपेंट और बनियान में कसरत करने लगता है।

दौड सबसे पहले रखी जाती है। अगर आप दौड से बाहर हो जाते है तो आप आगे नहीं जा सकते थे। रजत सोचता है मुझे इन सैकडो लोगों से कोई मतलब नहीं ना ही किसी से जीत कर आगे निकलना है मुझे बस अपनी रेस को समय रहते पूरी करना है। इतने में कोई पीछे से रजत के कंधे में हाथ रखता है। रजत मुड कर देखता है ये तो वह ही बुजुर्ग है जो सुबह-सुबह ग्रांउड में मिले थे, वे बुजुर्ग वर्दी में थे।

बेटा! अच्छे से दौडना। ' बुजुर्ग ने कहा

असल में वह सेना में बडे आफिसर थे।

'तुम अच्छे से दौडना और ज्यादा सोचना मत।' बुजुर्ग ने हँसते हुये कहा

'जी सर' रजत बोला।

इतने में वहाँ एक सैनिक आया और बुजुर्ग से पूछा- 'साहब! शुरू करे।'

'हाँ सभी को इकट्ठे करो' बुजुर्ग ने आदेश भाव में कहा। वह रजत की तरफ देखते हुये बोले, 'मेरी बात याद रखना' और वहाँ से चले गये।

सभी इकट्ठे हुए और दौड कुछ ही देर में शुरू हो गई। रजत ने अपनी मेहनत, माँ बाप के आशीर्वाद और प्यार तथा बुजुर्ग की नसिहत के साथ दौडना शुरू करा और

अपनी रेस समय रहते खत्म कर दी। वह बहुत खुश हुआ और उछल पडा। उसने चारो तरफ देखा। सभी काफी थके थे। कुछ लोगों के चेहरो पर उदासी थी क्योकि वे समय पर दौड पूरा नहीं कर पाये थे, कुछ लोग काफी खुश थे बिलकुल रजत की तरह और कुछ अभी भी दोड कर आ रहे थे।

रजत अलग बैठ गया और आराम करने लगा अभी उसे जरूरत भी थी क्योकि कुछ ही देर बाद 10 पुस अप भी मारने थे।

सभी लोग आराम कर रहे थे और आगे के लिये सोच रहे थे तभी एक सेना का सिपाही आकर जोर-जोर से सेना वाले लहजे में सभी को कहता है।

'सभी तैयार हो जाये 15 मिनिट के बाद पुल अपस मारना है।' वह कहता है और वहाँ से चला जाता है। सभी खामोश हो जाते है और मन को शांत रखने लगते है। वैसे भी ऐसे समय एक अजीब-सी हलचल दिल में होती है।

15 मिनिट के बाद सभी को इकट्ठा किया जाता है। अभी भी दौड के बाद भी सैकडो लोग बचे थे रजत के साथ सभी को चार लाईनो में लगा दिया गया और सामने सेना के सैनिक जो परीक्षा ले रहे थे वो खड़े होकर पुल अपस मारने के लिए बोल रहे थे और सबको देख रहे थे। वो बोलते पुल अप तो आपको ऊपर जाना है इंतजार करना हैं फिर जब वो बोले पुल डाउन तो आपको नीचे आना हैं। रजत तीन महीने से हर दिन इसका अभ्यास पूरी ईमानदारी से कर रहा था तो उसके लिए ये करना इतना कठिन नहीं था।

इसके बाद रजत को 9 फीट लंबी कूद करना था जो उसने बिना किसी परेशानी के कर दिया।

रजत बाजू में जाकर आराम करने लगता है। तभी वह बुजुर्ग आये और कहा 'देखा! मैने कहा था तुम जरूर सफल हो जाओगे।'

'धन्यवाद सर। आप देख रहे थे?' रजत आश्चर्य से पुछने लगता है क्योंकि दौड शुरू होने से अब तक वे दिखे नहीं थे।

'हाँ मैं सब पर नजर रखे हुये था, यहाँ मेरा काम ही यह था, चलो अब जाकर मेडिकल चेक-अप करवा लो।'

रजत मेडिकल चेक-अप करवाने चला जाता है।

रजत बहुत खुश था। आखिर जो सपना उसने देखा था वह पुरा हुआ। क्योंकि वह परीक्षा के लिये आया था इसलिये उसके पास फोन नहीं था वह मोबाइल घर पर ही छोड कर आया था। वह तुरंत पास के P.C.O पहुँच जाता है।

वहाँ पहले से लाईन लगी थी। क्योंकि जितने भी लोग सफल हो गये थे वह घर में बताना चाहते थे। रजत भी जा कर लाईन में लग जाता है। वह बहुत खुश था, क्योंकि पायल को पाने का रास्ता साफ होता जा रहा था। कुछ देर बाद रजत का नम्बर भी आ जाता है। उसने बिना देर किये घर पर फोन किया। फोन रजत की माँ ने उठाया जो शायद रजत के फोन का ही इंतजार कर रही थी।

'हेल्लो' रजत बोला।

'हाँ रजत बोल रहे हो क्या?' माँ ने उत्सुकतापुर्वक कहा।

'हाँ माँ मेरी परीक्षा अच्छे से गई और मैंने सफलता पूर्वक पहला पड़ाव पास कर लिए है।' रजत ने खुश होते हुये कहा

'शाबास! बेटा हमे तुम पर गर्व है।' रजत की माँ बोली

'अच्छा माँ मैं फोन रखता हूँ यहाँ पर फोन के लिये लम्बी लाईन लगी है।' रजत बात खत्म करते हुये कहता है

'ठीक है माँ' रजत ने कहते हुए फोन काट दिया

P.C.O वाले ने रजत को कॉल के तीन रूपए देने को कहा।

'अच्छा रूको एक कॉल और करना है।' रजत ने तुरंत पायल के घर का नम्बर डायल किया। शायद! पायल भी रजत के फोन का इंतजार कर रही थी। उसने तुरंत फोन उठा लिया।

'हेल्लो मैं रजत बोल रहा हूँ।'

'हाँ रजत मैं पायल बोल रही हूँ।' पायल ने कहा

'पायल मेरी परीक्षा अच्छे से गई और मैंने सफलता पूर्वक पहला पड़ाव पास कर लिए है।' रजत ने खुशी के साथ अपनी बात बताई

'अरे! वाह क्या खबर सुनाई है तुमने।' पायल खुशी से बोली

'अच्छा मैं आकर बात करता हूँ।' रजत बोला

'ठीक है' पायल ने कहा और फोन काट दिया।

कुछ ही दिनों मे रजत के घर लिखित परीक्षा की भी तारीख आ गई।

रजत के लिखित परीक्षा को पास करते ही वो भारतीय सेना मे भर्ती हो जाएगा।

आखरी दिन रजत को पायल ने 6 घण्टे पढाया जिसे एक तरह से पुर्नभ्यास भी कह सकते है। अगले ही दिन रजत की परीक्षा थी।

'देखो रजत अच्छे से परीक्षा देना सभी प्रश्नो को ध्यानपूर्वक पढना और एक रफ कागज में पहले बार में सवाल को हल करके देखना और बाकि विषयो का भी सोच समझकर ही जवाब देना। 'Best Of Luck'' पायल ने एक शिक्षिका की तरह समझाया।

'आपने मेरी इतनी मदद की है अगर मेरा चुनाव हो गया तो मैं आपको इसकी पार्टी ढूँगा।'

'पार्टी तो मैं लूँगी ही' पायल ने कहा।

'अच्छा अब मैं चलता हूँ मुझे घर जाकर एक बार और सभी विषयो को अच्छे से देख लेना चाहिए।' रजत ने कहा और चला गया।

तीन महीने में रजत और पायल बहुत अच्छे दोस्त बन गये थे।

रजत भी पायल की मेहनत को व्यर्थ नहीं करना चाहता था इसलिए जो गणित उसे राक्षस समान लगता था, अपनी मेहनत और लगन से रजत ने उसपर जीत हासिल कर ली थी। पेपर देने के कुछ दिन बाद ही घर पर सेना का लेटर आ गया था जिस पर लिखा था 'आपका चयन भारतीय सेना के लिए हो गया है।'

रजत तो पढ कर इतना खुश हुआ, जिसे बताना मुश्किल है। एक डिब्बा मिठाई लेकर वह पायल के घर गया और खुशखबरी पायल के परिवार से बाटी।

'बेटा तुम्हारी मेहनत को तो रंग लाना ही था।' पायल के पिताजी ने मिठाई उठाते हुये कहा

'बेटा तुम्हारे घर वाले बहुत खुश हुए होंगे ये खबर सुनकर।' पायल की माँ ने कहा

'तुम्हारी मेहनत का फल आखिर तुम्हे मिल ही गया।' पायल मिठाई खाती हुई बोली।

***

प्यार का इजहार?

रजत के घर में सभी खुश थे और रजत भी बहुत खुश था क्योंकि पायल को पाने का पहला मुकाम उसने पा लिया है। अब बस उसे कुछ ऐसा काम करना था कि पायल की नजरो में वह बडा हो जाये।

सोमवार की शाम रजत नहाकर बाहर निकलता है, तैयार होता है और सीधे पायल के घर चला जाता है। घर के बाहर ही कुर्सी लगाकर पायल के माता-पिता चाय पी रहे थे।

'नमस्ते अंकल, नमस्ते आंटी।' रजत ने कहा

'अरे! रजत बेटा आओ अन्दर आओ।' आंटी ने कहा

'आंटी मैं पायल को बाहर खाने के लिये लेकर जा सकता हूँ क्या? उसी की वजह से मेरी नौकरी लगी है तो मैं उसे छोटी-सी पार्टी देना चाहता हूँ।'

'अरे! भाई वह सब तो ठीक है पर हमे पार्टी कब दे रहे हो?' पायल के पिताजी ने मजाकिया लहजे में कहा।

'आप लोग भी चलिये। इससे ज्यादा खुशी की बात और क्या होगी अंकल।' रजत ने कहा

'नही बेटा मैं तो मजाक कर रहा था। अभी ही आफिस से आया हूँ। वैसे भी कल तुम्हारी मिठाई खा लिया था। बहुत अच्छी थी।' अंकल ने कहा

'बेटा! मैं पायल को बता देती हूँ।' आंटी ये कहके उठकर चली जाती है।

'तो फिर बेटा! अब तो एक अच्छी नौकरी भी लग गई है। थोडी ही दिन में शादी।' अंकल ने कहा

रजत शरमा गया और मन में कहा उसी की तो कोशिश चल रही है।

पायल अपने कमरे में आईने के सामने बैठकर सोच रही थी कि रजत ने उसे खाने पर ले जाने के लिये कहा है। लगता है आज वह मुझे अपने दिल की बात कहेगा। इतने दिन साथ में रहने के कारण पायल को रजत का साथ अच्छा लगने लगा था या यू कहे कि वह भी उसे चाहने लगी थी।

थोडी देर में पायल बाहर आती है। क्या कयामत दिख रही थी वह, ये बयान करना रजत के लिए मुश्किल था। रजत तो देखता ही रह गया। उसने आजतक पायल को इतना खुबसुरत नहीं देखा था।

'चले!' पायल ने कहा

रजत सपनो से बाहर आता ह।, 'ह-ह ह हा-हा चलो चलो। तुम्ही तो देर कर रही थी।' रजत ने कहा

'पापा मैं थोडी देर में आती हूँ।' पायल ने अपने पापा से कहा

'हा ठीक है जल्दी आना लेकिन।' पायल के पापा ने मुस्कुराते हुये कहा

रजत और पायल होटल में बैठे होते हैं और पायल को पूरी उम्मीद थी की आज रजत उससे अपने प्यार का इजहार कर देगा।

यहाँ रजत सोच रहा था कि पायल की नजरो में कुछ बडा काम करना है फिर वह पायल से प्यार का इजहार करेगा। दोनो खाना खाते है।

'पायल फिर आगे क्या प्लान है?' रजत बात शुरू करता है।

पायल अपने सपने से बाहर निकलती है, 'हाँ, कुछ कहा क्या?'

'हाँ, मैने कहा आगे क्या प्लान है?' रजत ने फिर कहा।

'कुछ नहीं यार! अभी तो मैं कॉलेज के पहले साल में ही हूँ। अभी तो तीन साल केवल इंजिनियरिंग, फिर सोचेगे नौकरी का।' पायल मन मारकर बोली क्योकि उसे जो सुनना था वह रजत बता ही नहीं रहा था।

बहुत देर तक यही बात चली, मेरा मतलब इधर-उधर की बाते, फिर दोनों घर चले गये। रात में पायल अपने बिस्तर पर लेटे-लेटे सोच रही थी, 'यार ये पागल मुझसे प्यार करता भी है या नही? क्या ये एकतरफा प्यार है? उसके पास मौका था अगर वह प्यार करता है तो बोल देता। मेरे दिल को लगता है वह मुझसे प्यार करता है।' ऐसा सोच सोचकर पायल रातभर सो ही नहीं पाई।

* * *

ट्रेनिंग

आखिर वह दिन आ ही गया जब रजत को सेना की ट्रेनिंग के लिये जाना था। सारी तैयारी हो गई थी। रजत के घर पायल भी अपने परिवार के साथ आई थी।

'बेटा! अब बस तुमसे ही आस है कि तुम सेना में हमारा नाम ऊँचा करोगे।' रजत के पापा गर्व के साथ बोले।

'जी! पिताजी बस में वही करना चाहता हूँ। मैं पूरी लगन के साथ काम करूँगा।' रजत बोला।

'बेटा! हमे तुम पर गर्व है। वहाँ अच्छे से खाना पीना और अपनी सेहत का ध्यान रखना।' माँ ने कहा।

'जी माँ मैं अपनी सेहत का ध्यान रखूगाँ।' रजत ने कहा।

उसने सभी बडो के पैर पडे।

'मेरी तरफ से कम से कम पाँच दुश्मनो को मार गिराना।' पायल ने मजाकिया लहजे में कहा।

'जी मैडम आपके पाँच पक्के।' रजत ने जवाब दिया।

'चलो अब मेरे जाने का समय हो गया है। मैं जल्द ही ट्रेनिंग के बाद आऊँगा।'

जाने के नाम से ही रजत की माँ की आँखो में आँसू आ गये। वह जाकर रजत के गले लगकर रोने लगी। ये देख रजत की आँखे भी आँसू से भर गई।

रजत रोती आवाज में बोला, 'अब मुझे चलना चाहिए।'

रजत के पापा ने अपनी स्कूटर निकाली। रजत माँ के माथे को चूमता हुआ आंसू पोछने लगा और अपना बडा-सा बैग कंधे में लटकाये बाहर चला गया। पिताजी की स्कूटर स्टार्ट हुई। रजत बैठा और थोडी देर में आँखो से ओझल हो गया।

रजत सेना के ट्रेनिंग वाली जगह पँहुचता है। एक बार गेट के बाहर से इमारत को देखता है। उसकी आँखो में चमक दिखाई देती है। आखिर ये वह ही जगह है जहाँ से रजत के जीवन की शुरूआत होने वाली है। वह बहुत से लोगों के साथ अंदर जाते है जिनका भी चयन रजत के ही साथ हुआ था और जो रजत की ही तरह भारत माता के लिये कुछ करने के लिये आये थे। सभी को कमरा बताया जाता है। कमरा बहुत बडा था। रजत को जो कमरा मिला था उसका नम्बर सात था। अन्दर जाने पर रजत ने कमरे को देखा तो देखता ही रह गया। अन्दर बीस पंलग लगे हुये थे। रजत के पंलग का नम्बर उन्नीस था। वह उन्नीस नम्बर के पंलग पर जाता है और आस पास के वातावरण को देखता है। उसके साथ उन्नीस जवान और थे, रजत ने अपना बैग पंलग के नीचे रख लिया। सभी एक दुसरे से हाथ मिला रहे थे। रजत के सामने वाले पंलग से आवाज आई।

'हाय! मेरा नाम राहुल है।'

रजत ने देखा एक लडका रजत की तरफ हाथ बडा रहा था। वह दिखने में गोरा था। उसका 6 फुट 2 इंच का शरीर था और पर्सनालिटी भी बहुत अच्छी खासी थी।

रजत ने अपना हाथ आगे बढ़ाया 'हाय मेरा नाम रजत है।'

'मै मध्य प्रदेश से हूँ' राहुल ने कहा।

'मै मुम्बई से' रजत ने जवाब दिया।

इतने में और भी लोग आ गये। सभी एक दूसरे से बात करने लगे।

दोपहर के तीन बजे थे और सभी को पाँच बजे तक मैदान में इकट्ठा होना था। सभी सफर से थके हुये थे इसलिये सभी ने पाँच बजे तक अपने पंलग पर आराम किया।

पाँच बजे सभी मैदान में पँहुचे जहाँ सभी को एक लाईन से लगाया गया।

थोडी ही देर में कर्नल राजवीर सिंह मैदान में आये। वह दिखने में बुजुर्ग थे और अनुभव उनके चेहरे से दिख रहा था। उन्होने पगडी पहनी हुई थी। वह मंच पर आ गये और सभी को सम्बोधित करने लगे।

आप सभी कई हजारो में से चुने गये है। मतलब आप में वह बात है जो आपको भारतीये सेना के लायक बनाती है। सबसे पहले भारतीय सेना में आपका स्वागत है। इस प्रशिक्षण केन्द्र से कई जवान निकले है जिन्होने भारतीय सेना का नाम ऊँचा किया है। आप सबसे उम्मीद है कि आप भी भारतीय सेना की मर्यादा का पूर्णत: ख्याल रखेगे। कल सुबह चार बजे से आपका प्रशिक्षण प्रारंभ होगा। आप सभी को अपना शत-प्रतिशत देना होगा, जो आप देगे इसकी मुझे पुरी उम्मीद है। यहाँ आप जितने भी समय रहेगे उतने में आपको सेना के लायक बनाने की

पूरी कोशिश की जायेगी। आप सभी को अब भुख लगी होगी, मेस में आप सभी के खाने का इंतजाम किया गया है। कल मिलते है सुबह पाँच बजे।

सभी खाना खाने चले गये। मेस में एक तरफ थाली रखी हुई थी और दुसरी तरफ कुछ लोग सेना की वर्दी पहने हाथ में चम्मच लिये खडे थे। सभी एक-एक करके लाईन से थाली उठाकर खाना ले रहे थे। मेस बहुत बडी थी जिसमे बीच में एक लम्बी-सी बेंच और उसके दोनों तरफ बैठने के लिये लम्बी मेज रखी हुई थी।

सेना के लिये 800 लोगों का चयन हुआ था। 800 लोगों के लिये खाने का अच्छा इंतजाम किया गया था। सभी ने खाना खत्म किया और जल्दी सोने चले गये ताकि सुबह उठकर ग्रांउड जा सके।

सुबह के चार बजे बिगुल बजता है। सभी जल्दी से उठकर नहाते है, क्योकि सभी को पाँच बजे तक मैदान में पहुँचना था। बाथरूम भी बहुत बडा था, जिसमे शौच और नहाने के बहुत सारे कमरे बने हुये थे। सभी नहाकर मैदान में इकट्ठा हो गये।

मैदान में एक मेजर पहले से ही खडे थे। उन्होंने सफेद कलर की टी शर्ट और सफेद कलर का हाफ पैन्ट और पीटी शुज पहना हुआ था, जो सफेद कलर का ही था। उनकी मुछे भी सफेद कलर की थी जो भगत सिंह की तरह घुमी हुई थी। सभी लोग जो प्रशिक्षण के लिये आये थे, उन्होने भी हाफपेंट और ऊपर बनियान पहने रखा था। साथ में सभी को पीटी शूज पहनना भी अनिवार्य था।

'सभी लाईन में लगेगे।' मेजर चिल्लाते हुये बोले

मेजर की आवाज सुनकर सभी ने लाईन बना ल। 800 लोग होने के कारण सभी को कुछ-कुछ लोगों के ग्रुप में बाँट दिया गया था ताकि प्रशिक्षण में सभी पर कडे तरीकी से नजर रखी जा सके।

'10 राउंड, सभी लोग ग्राउंड के 10 राउंड लगायेगे।' मेजर बोले

सभी ने दौड़ना शुरू किया और दौड़ते-दौड़ते मैदान के 10 राउंड पूरे कर ही लिये।

'चलो अब थोडा आराम कर लो' मेजर बोले और वहाँ से चले गये। राहुल और रजत एक ही ग्रुप में थे।

कुछ दूरी पर कुछ लडके बन्दुक उठाकर ग्राउंड के राउंड लगा रहे थे। रजत ने उनकी तरफ इशारा करते हुये पूछा ये लोग बंदूक उठाकर क्यो दौड रहे है। रजत ने ऐसा पहली बार देखा था। राहुल जो की दूसरी तरफ देख रहा था ने उनकी तरफ देखा और कहा, 'लगता है ये मैदान समय पर नहीं पहुँच पाये इसलिये इनको बन्दूक के साथ राउंड लगाना पड रहा है। याद रखो रजत यहाँ पर संभलकर रहना सेना की सजा बहुत सक्त होती है।'

'तुम्हे इतना कैसे पता?' रजत आश्चर्यचकित होकर पुछने लगा।

'मेरे पापा ने बताया था एक बार, अब वह इस दुनिया में नहीं है। वे भारतमाता के लिये शहीद हो गये थे।' राहुल ने गर्व के साथ कहा।

'ओह! ये तो बहुत गौरव की बात है राहुल।' रजत बोला।

'हाँ, मेरे दोस्त गौरव की बात तो है पर अगर आपको ये गौरव चाहिए तो कभी शादी मत करना।' राहुल सोचते हुये बोला।

'शादी नहीं करने से तुम्हारा क्या मतलब है?' रजत पसीना पोछते हुये बोला।

तभी आवाज आई, 'समय समाप्त जवानो। चलो ग्रांउड में' मेजर ने चिल्लाते हुये बोले।

उनकी बात सुनकर सभी दौडकर लाईन में लग गये। रजत राहुल की बात पर ध्यान से सोचने लगा, शादी नहीं करना से राहुल का क्या मतलब था, ये समझ में नहीं आ रहा है। उस दिन का प्रशिक्षण समाप्त होता है तो सभी खाने के लिये मेस पहुँचते है।

'राहुल शादी नहीं करना से तुम्हारा क्या मतलब था?' रजत थाली लेकर बैठते हुये कहता है।

'यार! बात ये है कि हम जब सेना में है तो हमे केवल वीरता दिखानी चाहिए और पूरा भारत देश भी हमसे यही उम्मीद करता है, लेकिन यहाँ के अलावा भी हमारी एक और दुनिया है जो हम बनाते है, जहाँ हमारे बच्चे, हमारी पत्नी, हमारे माता-पिता, हमारे दोस्त रहते है। जब कोई शहीद होता है तो दुनिया गर्व से कहती तो है कि हमारा बेटा शहीद हुआ, हमारे पिता शहीद हुये, मेरे पति शहीद हुये या हमारा दोस्त शहीद हुआ।'

रजत बातो को गंभीरता से सुन रहा था, राहुल आगे बोला, 'लेकिन असल में उनकी दुनिया कुछ और ही बन जाती है। दो दिन तो लोग कहते है कि यार! इनके घर का लडका शहीद हुआ है फिर कुछ दिनो के बाद सभी भुल

जाते है। पैसा भी इतना आता है कि महीना चलाने के पहले सोचना पडता है। यार! मैं केवल 8 साल का था जब मेरे पिताजी शहीद हुये थे। सभी नेता नगरी आये थे घर पर आश्वासन देने माँ और दादा जी-दादी जी को।

असल में आश्वासन के पीछे लोगों की खुद के लिये हमदर्दी लूटना था। थोडे दिनो के बाद मैंने माँ को अक्सर रात में रोते हुये देखा हैं। राहुल उदास होकर बोला, माँ ने मुझे कैसे पाला है ये केवल माँ और मैं ही जानता हूँ। जब भी मुझे पिताजी की जरूरत थी, वहाँ कोई भी नहीं था। यार! भारत माता के लिये मैं 1 बार क्या 1000 बार हँसते-हँसते कुर्बानी दे दूँगा।

मुझे अपने घर और देश में से चुनना पडे तो मैं देश को चुनुगा, इसलिये मैंने शादी नहीं करने का फैसला किया है ताकि अगर वह वक्त आया तो मैं भारत माता के लिये हँसते-हँसते शहीद हो सकूँ।'

रजत, राहुल की तरफ देखता ही रह गया, इतना सब कुछ राहुल कितनी कम उम्र में आसानी से बोल गया।

'यार! फिर तुम्हारी माँ का क्या होगा तुम्हारे बाद, ये सोचा है कभी? वह तो अकेली पड जायेगी फिर?' रजत सोचते हुये बोला।

'तुम्हे क्या लगता है मैं सेना में कैसे पँहुचा? मेरे पिताजी का सपना था कि मैं भी बडा होकर सेना में जाऊ और देश की सेवा करूँ उन्ही की तरह। माँ ने बचपन से ही मुझे इसके लिये तैयार किया है, वह भी यही चाहती है कि मैं मेरे पिताजी का नाम बरकरार रखूँ।' राहुल ने जवाब दिया

बात खत्म करते हुये राहुल ने जेब से एक मेडल निकाला जिस पर भारतीय थल सेना लिखा था। उसने ये रजत की तरफ दिखाते हुये कहा।

ये देखो ये मेडल मेरे पिताजी को शहीद होने के बाद मिला था। लालकिला में माँ और मैं गये थे इसे लेने के लिये। तब से ये मेरे पास है। राहुल दिखाते हुये बोला।

रजत ने हाथो में लिया और देखने लगा। ये बहुत खुबसुरत है। रजत बोला।

सभी ने खाना खत्म किया और सोने चले गये।

बिस्तर पर लेटे-लेटे रजत राहुल की बातो के बारे में सोचने लगा। उसकी बातो में सच्चाई थी। अगर मैने पायल से शादी कर ली तो मेरे जाने के बाद पायल का क्या होगा? लेकिन मैं पायल के लिये यहाँ आया हूँ उसके बिना कैसे रह सकता हूँ? रात को रजत के मन में यही सवाल घुमते रहे और जल्द ही थकावट के कारण नींद के आगोश में चला गया।

सुबह प्रशिक्षण की वही प्रक्रिया शुरू हो गई।

ऐसे ही ट्रेनिंग के 2 महीने बीत गये। हर परिस्थिति से लडने के लिये प्रशिक्षण दिया जा रहा था। दो महीने में ट्रेनिंग ने रफ्तार पकड ली थी और अब 'जंगल में रहकर कैसे जिन्दा बचा जा सकता है' कि ट्रेनिंग दी जा रही थी। जंगल की ट्रेनिंग में जानवर, कीडे-मकोडे और वनस्पति के बारे में बताया जा रहा था, ताकि भारतीय जवानो को जंगल में कभी कोई परेशानी ना हो। जंगल में जहरीले पोधे के बारे में भी विस्तार से बताया गया कि इनसे कैसे बचकर रहना चाहिए।

'देखो इस पौधे को। ये नुकीली पत्ती वाला पौधा देखने में मामूली है पर है जहरीला, बहुत जहरीला। इससे बचके भी रहो और इससे दोस्ती भी कर के रखो।' मेजर बोले

सभी दोस्ती वाली बात से आश्चर्यचकित थे, एक जवान ने एकाएक पूछा 'साहब! दोस्ती समझ में नहीं आया?'

'समझाता हूँ। दोस्ती का मतलब है गोली सबसे कीमती चीजो में से एक होती है, जवान के पास फालतू खर्च करने से अच्छा है सही जगह पर और समय पर उसका इस्तेमाल करना लेकिन आपको बन्दूक के साथ एक खंजर भी दिया गया है। आप उस खंजर में सावधानी से इस पत्ते को अच्छी तरह से लगा लो फिर दुश्मन को खंजर मारने पर दुश्मन की मौत पक्की समझो।'

जंगल में आगे जाते हुये और भी महत्त्वपुर्ण पौधो से सभी को रूबरू कराया जाता है जिसमे से कुछ पौधे खाने के लिये पौष्टिक थे जिनको खाकर ज्यादा से ज्यादा ताकत को शरीर में कैसे रख सकते है ये बताया गया।

कुछ ही दिनो में बन्दूक से प्रशिक्षण का समय भी आ गया। अलग-अलग बन्दूक के बारे में सैनिको को प्रशिक्षण देना ताकि युध्द के समय उन्हे वह पूर्णत: उपयोग कर सके।

मेजर AK-47 के बारे में समझाते हुये बोले, 'ये देखो, ये है AK-47। युद्ध में सबसे ज्यादा इस्तेमाल होने वाली बन्दूको में से एक। इसकी मैग्जीन बडी होती है और एक साथ बहुत-सी गोलिया निकालने में सक्षम है ताकि दुश्मन को आसानी से मार गिराया जा सके। आजकल इससे

भी ज्यादा अच्छी और सटीक निशाने वाली बन्दूके आ गई है जिसके बारे में आपको जानकारी मिलेगी आगे की क्लासो मे।'

शाम के वक्त राहुल और रजत बैठकर शराब पी रहे होते है।

'यार! सोच AK 47 के साथ आपकी क्षमता लगभग दुगनी हो जाती है। आपने ट्रिगर दबाया और सामने खडे इंसान का सीना गोलियो से छलनी।' रजत पैग हाथ में लिये बोला और कुछ फल्ली के दाने उठाकर चबाने लगा।

'हाँ यार! बात तो सही है पर ये केवल दुश्मन के साथ नहीं हमारे साथ भी हो सकता है।' राहुल ने जवाब दिया और पैग पीने लगा।

रजत राहुल की तरफ देखकर सोचने लगता है कि यार ये राहुल बातो को कितनी सरलता से बोल देता है। वैसे भी समय से पहले इसने बहुत कुछ सीख लिया है।

ट्रेनिग में सभी को हर स्थिति के बारे में बहुत ही अच्छे तरीके से सिखाया जाता है ताकि वे दुश्मन से किसी भी हिसाब से पीछे नहीं रहे।

ट्रेनिग लगभग समाप्त होने वाली थी और उसके बाद सभी को घर भी जाने दिया जाने वाला था।

ट्रेनिग खत्म होने को आ गई और रजत को ऐसा एक भी दिन नहीं था जब पायल की याद नहीं आई।

***

अंतिम पग

ट्रेनिंग का आखिरी दिन आ ही गया। सभी इस दिन के लिए बहुत उत्सुक थे। सभी ने सुबह अच्छे से स्त्री करी हुई वर्दी पहनी। आज के बाद सभी भारतीय सेना के जवान कहलाने वाले थे। सभी तैयार होकर मैदान में गये जहाँ सभी के माता-पिता भी उत्साहवर्धन करने आये थे। रजत के माता-पिता भी रजत को देखने वहाँ आये थे। वे आज बहुत खुश थे कि रजत की दिशा एकदम सही हो गई थी। थोडी देर में कार्यक्रम शुरू हो गया।

सभी जवान लाईन में लगे और परेड शुरू हो गई। सभी एक साथ कदम ताल करते हुये आगे बढ रहे थे। दर्शक भी जोश में थे और सभी का उत्साहवर्धन कर रहे थे। कुछ देर में सभी लोग आखिरी कदम (एक सीढी जिस पर अंतिम पग लिखा था) से होते हुए बाहर निकल गये। आखिरकार ट्रेनिंग समाप्त हो चुकी थी। सभी खुश भी थे। बाहर सभी के माता पिता अपने बच्चों को ढूँढ रहे थे।

सभी की वर्दी एक जैसी होने के कारण पहचानना मुश्किल था पर सभी के बीच से कुछ ही देर में रजत बाहर निकला। माता-पिता को देखकर रजत बहुत खुश था। उसने जाते ही माता-पिता को गले से लगा लिया और फिर दोनों के पैर पडे।

रजत की माँ की आँखो में बेटे को वर्दी में देख आंसू आ गये। रजत ने माँ के आँसूओ को पोछा।

'माँ मैं भी अब भारतीय सेना का एक हिस्सा हूँ।' रजत गर्व के साथ बोला। रजत की आँखे भी नम थी।

'बेटा! ये तो तेरी कडी मेहनत का फल तुझे मिला है।' माँ ने जवाब दिया

'बेटा! हमे तुमपर गर्व है, तुमने हमारी नाक ऊँची कर दी।' रजत के पिताजी ने गर्व के साथ कहा।

इतने में राहुल वहाँ आ गया। सभी की आँखे नम देखकर राहुल बोला, 'अरे! यहाँ तो फुल फॅमिली ड्रामा चल रहा है।' राहुल के साथ राहुल की माँ भी आई थी।

रजत ने राहुल की माँ को देखा नमस्ते आन्टी और राहुल की माँ के पैर पढने लगा।

'नमस्ते बेटा।' राहुल की माँ ने कहा।

राहुल ने भी रजत के माता-पिता के पैर पडे।

रजत बोला, 'माँ-पिताजी, ये राहुल है। ट्रेनिग में हम दोनों साथ में ही थे। ये मेरा सबसे अच्छा दोस्त है और ये राहुल की माँ है।'

रजत के माता-पिता एक साथ बोले 'नमस्ते! बहनजी।'

'राहुल के पिताजी नहीं आये?' रजत के पिताजी अचानक बोले।

अचानक कुछ देर के लिये सन्नाटा छा गया।

'वे शहीद हो गये।' राहुल की माँ ने जवाब दिया।

राहुल के चेहरे के भाव अजीब से थे। जैसे वह इस सवाल को सुनना ही नहीं चाह रहा था।

'ओह! माफ किजियेगा।' रजत के पिताजी ने कहा।

'नही-नही कोई बात नहीं। भारत माता के लिये शहीद होना एक फक्र की बात है।' राहुल की माँ ने जवाब दिया।

राहुल और रजत को सेना के अलग-अलग कंपनिया मिली थी, जिसका मतलब था कि उनको अब अलग होना पडेगा।

कुछ देर बाद राहुल और रजत ने रजत के माता-पिता और राहुल की माँ को एक साथ छोडा और वे अलग होकर थोडे दूर चले गये। अब शायद वे बहुत ही दिनो के बाद एक दूसरे से मिल पायेगे।

'भाई! अब पता नहीं कब एक साथ रहने का मौका मिलेगा।' रजत दुखी भाव के साथ बोला।

'हाँ वह बात तो है। पर मुझे एक अच्छा भाई और एक अच्छा दोस्त मिल गया।' रजत बोला।

'हाँ मुझे भी एक अच्छा भाई और दोस्त मिल गया।' राहुल बोला

'यार! आज रात को मम्मी-पापा के सोने के बाद एक आखिरी बार पीने बैठे क्या?' रजत पूछने लगा।

'अरे! ये भी कोई पूछने की बात है।' राहुल बोला।

दोनो के बीच में प्लान बना रात को बारह बजे इमारत की छत पर मिलने का। ठीक रात को बारह बजे दोनों छत पर आ गये। रात के सन्नाटे और शान्ति के बीच शराब के दो पैग बने, शराब के साथ खाने के लिये फल्ली के दाने और चना जोर गर्म को कागज (अखबार के टुकडे) में रखा गया था। दोनों ने बिना बात किये शराब के दो-दो पैग खत्म किये। फिर एकाएक रजत बोला,

'यार! मैं सेना में केवल एक लड़की के कारण आया था, जिससे में बेहद प्यार करता हूँ और पाना चाहता हूँ।'

'अबे! तुने आज तक मुझसे ये बात छुपा कर रखी कमीने।' राहुल गुस्से और शराब के हल्के से नशे में बोला।

'नही यार! बस एक बार सभी चीजे सेट हो जाये, उसके बाद ही उसके बारे में बताने की सोचा था यार। मैं उसके बारे में ज्यादा बात करना पंसद नहीं करता।' रजत बोला।

'साले मुझे अपना सबसे अच्छा दोस्त भी बोलता है और मुझसे बाते भी छुपाता है।' राहुल ने कहा।

'अच्छा उसका नाम क्या है?' राहुल ने पूछा।

'पायल' रजत ने बड़े प्यार से जवाब दिया।

'वाह! मतलब भाभी का नाम पायल है' कहकर एक और पैग पीने लगा।

'हाँ यार! मैं उसे पाने के लिये कुछ भी कर सकता हूँ।' रजत बोला

'वो तो दिख ही रहा है। जो लड़का किसी लड़की के लिये सेना की ट्रेनिंग लेता है, कड़ी ट्रेनिंग वह उससे कितना प्यार करता होगा।' राहुल कुछ ढूँढते हुये बोला।

'फिर आगे क्या सोचा है।' राहुल ने कहा

'कुछ नहीं, मैने फैसला लिया था जब तक सेना में कुछ बड़ा काम न कर दूँ, तब तक उसको अपने दिल की बात नहीं बताऊँगा।'

बाते सुनकर राहुल जोर-जोर से हँसने लगा।

'अबे क्या हुआ? क्यो हँस रहा है?' रजत ने आश्चर्य के साथ पूछा।

'कुछ नहीं, तेरे जैसा बेवकुफ कभी नहीं देखा।' राहुल ने हँसते हुये कहा

'अबे क्या बोल रहा है? हुआ क्या हैं तुझे?' रजत ने पूछा

उसे कुछ समझ में नहीं आ रहा था कि हुआ क्या?

'अबे तू कह रहा था कि जब तक सेना में कोई बडा काम ना कर दूँ, तब तक उससे प्यार का इजहार नहीं करूँगा।' राहुल ने कहा।

'हाँ तो इसमे गलत क्या कहा?' रजत ने कहा।

'अबे भोले इन्सान सेना में आने से बडा काम मुझे बता सेना में भर्ती होना ही अपने आप में एक बडा काम है। जब आप किसी को बताते है कि आप भारतीय सेना में है तो उसकी आँखो में आप के प्रति सम्मान अलग ही दिखाई देता है। और सेना में भर्ती होने के बाद दूसरा बडा काम है अपने देश के लिये हँसते-हँसते कुर्बानी दे देना, लेकिन उसके बाद तू उसको अपने दिल की बात नहीं कर पायेगा।

राहुल ने फिर अपना गिलास उठाया और पैग पीने लगा और रजत उसका चेहरा देखता ही रह गया।

∗ ∗ ∗

घर

ट्रेनिंग पूरी हो चुकी थी और हर कोई अपने घर जा रहा था। रजत और राहुल भी बाहर खडे थे। उनके घर वाले आपस में बात करते है और राहुल और रजत भी घर जाने से पहले एक दूसरे से बात करते है।

'किस्मत में रहा तो एक बार फिर साथ में रहना हो ही जायेगा।' राहुल बोला

'नही भी हुआ तो एक दूसरे तो मिलते रहेगे।' रजत ने कहा और दोनों एक दूसरे के गले लग गए।

रजत घर आकर बहुत खुश था। वह पायल से मिलना चाहता था पर उसे शाम तक का इंतजार करना था, जब तक पायल कालेज से वापस नहीं आ जाती। दोपहर का समय था। रजत बोर हो रहा था इसलिये वह टीवी देख रह था। अचानक दरवाजे की घण्टी बजती हैं। रजत के मम्मी और पापा घर से बाहर थे तो रजत जाकर दरवाजा खोलता है। दरवाजे पर रजत के पुराने दोस्त खडे रहते है। ये वही दोस्त है जो रजत के पायल के प्रति अंधी आशिकी के कारण दूर हो गये थे। रजत अपने दोस्तो को देखकर बहुत खुश हो गया। उसने सभी को गले लगाया और चारो घर के अंदर चले गये। रजत के एक दोस्त ने रजत से कहा, 'यार! हम तो बचपन के दोस्त है, उसके

बाद भी तेरे सेना में भर्ती होने की खबर हम लोगों को दूसरे से मिली।'

'माफ कर देना यार! समय ही नहीं मिल पाया था बिल्कुल भी और ट्रेनिंग के बाद अब तो आ पाया हूँ मैं घर।' रजत ने जवाब दिया

'कोई ना यार! लेकिन अब हम वापस वही पुराने दोस्त बन जाते है।' दूसरे दोस्त ने कहा।

'ये भी कोई कहने की बात है।' रजत ने कहा

हा हा हा... (सभी हँसने लगते है।)

रजत अपने बचपन के दोस्तो को पाकर बहुत खुश हो गया था। अब वह भी अपने दोस्तो को खोना नहीं चाहता था।

'मिलने की खुशी में तो पार्टी होनी चाहिये। शराब और कबाब की पार्टी और रजत के भर्ती होने के कारण ये पार्टी भी रजत ही हमे देगा, पैसे जो कमाने लगा है अब।' तीसरे दोस्त ने कहा।

'हा-हा क्यो नहीं मैं ही पार्टी दूँगा।' रजत खुशी के साथ बोला।

'हाँ, तो तय रहा आज रात को रजत पार्टी दे रहा है। मैं तुझे सात बजे लेने आ जाऊँगा।' एक दोस्त रजत की तरफ देखता हुआ बोला।

रजत को याद आता है कि 7:30 बजे तो पायल को मिलने का प्लान हैं। अब अगर ये बात रजत अपने दोस्तो को कहता है तो शायद एक बार फिर दोस्ती टूट जायेगी क्योकि पायल के कारण ही रजत के दोस्त अलग हुये थे।

'ठीक है मैं तैयार रहुँगा।' रजत मन मारकर कहता है।

सभी दोस्त अपने-अपने घर चले जाते है। रजत भी सोचता है कि वह पायल से बाद में मिल लेगा। आज अपने दोस्तो के साथ टाईम बिता ले पहले। सात बजे तक रजत तैयार हो जाता है और अपनी माँ से जाकर कहता हैं।

'माँ आज मेरे लिये खाना मत बनाना मैं अपने दोस्तो के साथ जा रहा हूँ बाहर खाना खाने के लिये।' रजत ने कहा।

'कौन से दोस्तो के साथ?' रजत की माँ ने पूछा।

'माँ अमर, विनोद और आकाश के साथ जा रहा हूँ। वह आये थे आज घर पर। हमारी दोस्ती फिर हो गई है।' रजत कहता है।

'अच्छा ये तो बहुत अच्छी बात है बेटे।' माँ ने कहा

इतने में बाईक के हार्न की आवाज आने लगी। रजत सुनता है और कहता है माँ लगता है वह लोग आ गए। मैं जा रहा हूँ।

रजत और उसके दोस्त एक बार में जाते है शराब पीने के लिये।

पहला गिलास उठाते है और एक साथ कहते है 'रजत की नौकरी के नाम' और पैग खत्म करते है। ऐसे ही सभी 3-3 पैग खत्म करते है और शराब का नशा सभी को अपने आगोश में ले लेता है।

आकाश रजत से कहता है 'यार! सुना है तुने पायल को पटा ही लिया। उसी के साथ पढता था।'

रजत ने पूछा, 'किसने कहा तुझे?'

'पुरे मोहल्ले को पता है ये बात तो कि तेरे और उसके बीच कुछ चल रहा है।' आकाश ने कहा

'साले हम लोगों को भी नहीं बतायेगा क्या?' विनोद कहता है

'ऐसा कुछ भी नहीं है।' रजत ने बाते बचाते हुए कहा।

'अच्छा तो ये बता कि वह तेरे घर किस खुशी में आती जाती थी, जब तू आर्मी में था और तेरी माँ के साथ ही ज्यादा समय क्यो बिताती थी।' अमर ने पैग हाथ में लेते हुये कहा।

'तुम लोगों को चढ गई है। चलो खाना खाने बहुत हो गई शराब।' रजत ने कहा।

'एक-एक पैग और मारेगे यार। छोड तुझे नहीं बताना है मत बता।' आकाश ने बात घुमाते हुये कहा।

सभी ने अपने-अपने पैग खत्म किये और खाना खाने चले गए और खाने के बाद वह बाईक से शहर घुमते है। ऐसे ही करते-करते रात के 2 बज जाते है। रजत के दोस्त रजत को घर छोड देते है। रजत एक बार पायल के घर की तरफ देखता है। रात की चाँदनी में उसका घर एकदम साफ दिखाई दे रहा था पर रात काफी हो चुकी थी उसके घर की लाईटे भी बंद थी। रजत आराम से अपने घर जाता है तो देखता है दरवाजा खुला है और लाईटे बंद थी। वह अन्दर चुपचाप जाकर अपने कमरे में सो जाता है।

रजत की नींद दोपहर के 12 बजे खुलती है। वह उठता है और सिर पकड कर बैठ जाता है। रात की शराब के कारण उसका हल्का-सा सिर दुखता है। रजत की माँ आ जाती है।

'उठ गया, चल मुँह हाथ धो ले मैं तेरे लिये चाय बना कर लाती हूँ।' रजत की माँ ने रजत से कहा

रजत सीधे बाथरूम की और जाता है और बाथरूम में जाते ही कहता है, 'कल तो कुछ ज्यादा ही हो गया।' रजत बाथरूम में रहता है और उसकी माँ उसके लिये चाय बना कर लाती है।

'अच्छा सुन, कल शाम 7:30 बजे पायल आई थी। मैने उसे बता दिया था कि तू अपने दोस्तो के साथ बाहर गया है तो उसने कहा था कि वह आज सुबह आयेगी।' माँ ने कहा।

रजत बाथरूम के अंदर से ही बोला, 'आई थी क्या वह सुबह फिर?'

'हाँ, वह कालेज जाने से पहले आई थी सात बजे पर तू तो सो रहा था। उसने कहा कि वह शाम को मिल लेगी और चली गई।' माँ ने कहा और माँ भी अपने काम में लग गई।

रजत बाथरूम में ही कमोड पर बैठे-बैठे सोचने लगा 'यार! दोस्त मिल गये तो पायल से नहीं मिल पा रहा हूँ और अगर पायल से मिलता हूँ तो दोस्तो से नहीं मिल पाऊँगा। ये कहा आकर फँस गया मैं।'

शाम को सात बजे फिर रजत के दोस्त आ जाते है।

अमर ने आवाज लगाई 'रजत-रजत।'

रजत बाहर निकलता है।

'चल घुमने। कितना सुहाना मौसम है' आकाश ने उत्सुकता के साथ कहा।

आज शाम को 7:30 बजे पायल मिलने आने वाली है तो अगर मैं आज भी इनके साथ बाहर चला गया तो पायल बहुत गुस्सा होगी। रजत ने मन में सोचा।

'नही यारो! मुझे अभी थोडा-सा काम है, मैं कल पक्का तुम्हारे साथ चलुगा।' रजत ने जवाब दिया।

'इतना जरूरी भी नहीं होगा। चल ना आज जल्दी आ जायेगे।' विनोद ने कहा।

'भाई समझ आज नहीं आ पाऊँगा। कल पक्का।' रजत ने अपनी बात पर कायम रहते हुये कहा।

'चल कोई ना। कल चल लेगे।' अमर ने कहा और वे लोग चले जाते है।

रजत बहुत खुश होता है कि ट्रेनिग के बाद वह आज पायल से मिल ही लेगा। 7: 45 बजे पायल भी रजत के घर आ जाती है।

'कल कहाँ गये थे? सुबह भी देर तक सोये हुये थे। यही सिखाया है क्या ट्रेनिग मे? मुझे लगा सुबह 4 से 5 बजे तक सैनिक उठ जाते है?' पायल ने नाराजगी जताते हुये कहा।

'माफ कर देना यार! कल कुछ पुराने दोस्त मिलने आ गये थे तो उनके साथ बाहर जाना पडा और रात में काफी ज्यादा लेट हो गया था तो मैं सुबह भी उठ नहीं पाया।' रजत ने बचाव करते हुये कहा।

'अच्छा कोई बात नही। बताओ ट्रेनिग कैसी रही?' पायल ने पूछा।

'बहुत अच्छी रही। काफी सारे दोस्त भी बने नये।' रजत ने कहा।

'नये दोस्त तो बने होगे पर अपने पुराने दोस्तो को मत भुल जाना।' पायल ने मजे लेते हुये कहा।

'ऐसा कभी हो सकता है क्या? तुम्हारे कारण ही तो मैं आज सेना में हूँ।' रजत ने जवाब देते हुये कहा।

'हाँ लेकिन तुम्हारी मेहनत का ही नतीजा है।' पायल ने जवाब दिया।

'अरे! छोड़ो नहीं तो कुछ नयी बात कर ही नहीं पायेगे।' रजत ने कहा।

'एक काम करते है आईसक्रीम खाने चलते है।' पायल ने कहा।

रजत कैसे मना कर सकता था, उसने हाँ कर दिया।

'मै 15 मिनिट में तैयार होकर आती हूँ।' पायल ने कहा और चली जाती है।

दोनो पास ही के आइसक्रीम पार्लर जाते है जो सडक पर एक गाडी लेकर खडा रहता है। रजत दोनों के लिये आईसक्रीम लेता है और दोनों गार्डन में बैठ कर खाने लगते है। रजत और पायल अपनी बातो में खोये रहते है। उसी समय अमर, आकाश और विनोद एक ही बाईक पर घुमते हुये निकलते हैं, वे लोग गार्डन में देख रहे थे कि कोई लडकी तो नहीं है। उसी समय स्ट्रीट लाईट के नीचे उन्हे पायल और रजत दिखाई देते है आईस्क्रीम खाते हुये।

'वो देखो रजत और पायल आईस्क्रीम खा रहे है।' विनोद ने कहा

'अच्छा तो ये था इसका जरूरी काम, दोस्तो के साथ नहीं लडकी के साथ घुमना चाहता है ये।' अमर गुस्सा होते हुये बोला।

'साला दोबारा जाना ही नहीं था। मुझे लगा कि अब ये पायल के लिये इतना पागल नहीं है।' आकाश ने कहा

'मै कालेज नहीं जा रही हूँ कल। क्या हम दोनों कोई फिल्म देखने चले?' पायल ने रजत से पूछा

'अच्छा आईडिया है यार! मैं भी घर में बैठे-बैठे बोर हो जाता हूँ।' रजत ने जवाब दिया

'तो पक्का रहा कल 12 से 3 का शो?' पायल ने जवाब दिया।

आकाश जो की दूर से ही दोनों की बाते सुन रहा था, 'अच्छा 12 बजे का शो।'

अगले दिन पायल और रजत दोनों साथ में शो जाते है, टिकट लेकर अंदर बैठते है। रजत पायल के लिये पापकार्न और सेडविच लेता है। अब जैसा कि होता है हमेशा, लडका भले ही कितनी भी खुबसुरत लडकी के साथ जाये एक बार पूरे सिनेमाहाल में नजर जरूर घुमा लेता है। पर्दे में सिगरेट पीना स्वास्थ्य के लिये हानिकारक होता है वाला एड आता है और रजत सभी जगह देखने के बाद अपनी पीछे की सीट में देखता है तो वहा उसके तीनो दोस्त, रजत की पिछली सीट पर बैठे नजर आते है। रजत उनको देखता है, वह भी रजत को देखकर हाथ हिलाते है। रजत तुरंत सामने देखने लगता है। चेहरे पर डर का भाव।

'साला! ये कहा से आ गये' रजत फुसफुसाता है।

'कुछ कहा?' पायल हाथ में पापकार्न लेकर खाते हुये बोली।

रजत पायल की तरफ देखता है, 'नहीं कुछ नहीं ये एड कितना मस्त बनाते है ना।'

'ये सिगरेट वाला' पायल आश्चर्य के साथ रजत को देखती है।

रजत ने तो अब तक पर्दे की तरफ देखा भी नहीं था, रजत उसी आश्चर्य के साथ पर्दे की तरफ देखता है। फिर फुसफुसाता है 'साला आज का दिन ही खराब है और धीरे-धीरे सीट में नीचे खिसकने लगता है।'

पिक्चर का जैसे तैसे ब्रेक होता है तो लाईट जलती है। रजत पीछे मुड़कर देखता है तो अमर उसे बाहर बुलाता है मुक्का बनाकर।

रजत पायल की तरफ देखता है और कहता है 'मैं अभी बाहर से आता हूँ।'

'कहाँ जा रहे हो बैठो ना मेरे साथ' पायल ने कहा।

'आ रहा हूँ' और रजत सबसे छोटी ऊँगली दिखाता है। पायल मुस्कुरा देती है।

रजत बाहर जाता है तो तीनो रजत को घेर लेते है।

'क्यूँ बे! तुझे तो बहुत जरूरी काम था ना?' आकाश ने पूछा

'अ... अरे! मैं सब बताता हूँ ना। भाई सिर्फ दोस्त है वह और कुछ नही, बोर हो रहे थे तो फिल्म देखने आ गये।' रजत ने हिचकिचाते हुये जवाब दिया

'साले बोर हो रहा था और हम तुझे बुला रहे थे तो काम था तुझे?' अमर गुस्सा दिखाते हुये बोला।

'देखो, तुम लोगों को इसलिये नहीं बताया कि पायल के साथ जाना था क्योंकि तुम लोग मेरी बात तो सुनते ही नही।'

'एक बार बोल के तो देखता।' अमर ने कहा।

'मुझे लगा एक बार तो तुम लोगों को खो चुका हूँ, अब दोबारा नहीं खोना चाहता था और हाँ मैं पायल से

आज भी उतना ही प्यार करता हूँ लेकिन मुझे लगा कि अगर मैं तुम लोगों को बता दुगा तो तुम लोग मुझसे दूर हो जाते।' रजत उदास होते हुए बोला।

'यार हम भी समझते है प्यार को। तब हम लोग तुझे इसलिये पागल समझते थे मजनू, क्योकि वह तुझे घास भी नहीं डालती थी और तू भी उससे बात भी नहीं करता था।' विनोद ने जवाब दिया।

बाते सुनकर रजत सभी को गले लगा लेता है।

'तुने प्यार का इजहार किया या नही।' अमर ने उत्सुकता के साथ पूछा।

'अरे नहीं यार, फटती है। मना कर दी तो जी नहीं पाऊगा।' रजत ने कहा।

'अबे वह तेरे घर जाती थी जब तू नहीं होता था। उसके घर वाले तुझसे कितना खुश है नहीं तो कोई अपनी लडकी को किसी लडके के साथ भेजता है क्या फिल्म देखने।'

'ये सब बाते बाद में करेगे। फिल्म शुरू होने वाली है और वह मेरा इन्तजार कर रही होगी।' रजत ने बाते काटते हुये कहा।

'हाँ चल बाद में ही बात करेगे नहीं तो भाभी नाराज हो जायेगी।' आकाश ने कहा।

'जल्दी भाग' अमर ने कहा।

फिल्म खत्म होती है। रजत घर जाता है उसके चेहरे में खुशी अलग ही दिखाई देती है। 'दोस्त भी मिल गये और पायल भी' रजत मन ने सोचता है। रजत बहुत खुश हो रहा था। शाम का समय था रजत के पापा दरवाजे पर खडे-खडे रजत की हरकते देख रहे थे।

'क्या बात है रजत बहुत खुश हो रहे हो।' अचानक रजत के पिताजी बोलते है।

रजत एकदम से डर जाता है। 'पापा आप कब आये?'

'अभी ही आया हूँ। तुम्हे देखा बहुत ही खुश नजर आ रहे हो बात क्या है?' पिताजी ने प्रश्न पूछा

'नही पापा कुछ नहीं बस पुराने दोस्त वापस मिल गये।' रजत ने जवाब दिया।

'और क्या हाल है पायल के?' पापा ने एक और प्रश्न पूछा?

'प... प... पायल अच्छी है पापा।' रजत हिचकिचाते हुये बोला।

रजत के पापा हँसते है और उठकर चले जाते है। जब से रजत का चयन सेना के लिये हुआ है तब से रजत के पापा बहुत खुश रहते है कि बेटे ने नाम रोशन कर दिया हमारा।

रजत की छुट्टिया खत्म होने वाली थी। केवल एक ही दिन और रह गया था। पायल ने सोचा कि इस बार तो रजत अपने दिल की बात करेगा ही पर इस बार भी वह अपने दिल की बात नहीं कर पाया।

थक हार कर पायल ने सोचा कि उसे ही बात आगे बढ़ानी होगी। पायल और रजत मरीन ड्राईव घुमने जाते है वहाँ बैठे-बैठे समुद्र को देखते है और पायल कहती है।

'रजत मुझे लग रहा है तुम बहुत दिनो से मुझसे कुछ बाते करना चाहते हो पर कर नहीं पा रहे हो। आज तुम्हारी छुट्टी का आखिरी दिन भी है अगर कुछ बात करनी है

तो मुझे बता दो।' पायल ने रजत की तरफ उम्मीद भरी नजरो से देखा।

'नही, तो ऐसी तो कोई बात नहीं है।' रजत ने बचते हुये जवाब दिया।

'ये बुद्धू का बुद्धू ही रहेगा।' पायल ने मन ही मन में सोचा।

फिर पायल ने बात शुरू की, 'रजत मैं बहुत दिनो से तुमसे कुछ बात करना चाह रही हूँ सोच रही हूँ आज बोल ही दूँ।'

'हाँ कहो क्या बात है?' रजत ने पूछा।

पायल रजत के पास आकर उसके बाहो को दोनों हाथो से पकडकर उसके कन्धे पर अपना सिर रखकर बोलती हैं, 'रजत पता नहीं कब पढाते-पढाते मुझे तुमसे प्यार हो गया। मैं तुमसे बहुत प्यार करती हूँ अपना सारा जीवन तुम्हारे साथ बिताना चाहती हूँ। क्या तुम भी मुझसे प्यार करते हो?'

रजत के सामने एकाएक राहुल की कही बाते याद आने लगती है, 'मै कभी शादी नहीं करूँगा क्योकि मेरे जाने के बाद मेरी पत्नी का क्या होगा। मेरे बच्चो की देखभाल कौन करेगा?'

रजत थोडा-सा रूककर जवाब देता है और पायल केवल उसके कंधे पर सिर रखकर समुद्र की तरफ ही देखती रहती है।

'पायल मैने तुम्हारे बारे में ऐसा कभी सोचा नहीं। तुम तो मेरी बहुत अच्छी दोस्त हो। मैं तुम्हे किसी गलत फैहमी में नहीं रखना चाहता हूँ।' रजत ने सोच समझकर जवाब दिया।

'क्या? मुझे लगा तुम भी मुझसे बहुत प्यार करते हो।' पायल ने अपना सिर तुरन्त उसके कँधे पर से हटाकर बोला, 'रजत एक बार सोचकर बोलो। ये मेरी जिन्दगी का सवाल है। तुम्हारे साथ इतने दिनो से रहकर पता नहीं कब मैने अपना दिल तुम्हे दे दिया और तुम्हारा मुँह कुछ और आँखे कुछ और बोल रहे हैं।' पायल ने कहा।

पायल के चेहरे पर सिकन का भाव अलग ही दिख रहा था।

'पायल तुम मेरी बहुत अच्छी दोस्त हो पर मैने कभी तुम्हे कभी उस नजर से देखा नही।' रजत ने जवाब दिया।

पायल की आँखे आँसूओ से भर गई। उसने कभी सोचा नहीं था कि रजत उसे मना कर देगा।

'और मैं सोचती रही ...' पायल रोते हुये बोली।

'प्लीज मत आँसू बहाओ मुझे अच्छा नहीं लग रहा है। तुम मेरी बहुत अच्छी दोस्त हो। मैं तुम्हे रोते हुये नहीं देख सकता।' रजत ने कहा।

पायल जगह से उठ गई और बोली, 'रोने की वजह भी बनते हो और कहते हो रोना नहीं प्लीज।' पायल गुस्से और रोने के भाव में बोली।

'उठ क्यो गई? चलो मैं छोड देता हूँ घर।' रजत ने कहा

'नही मैं खुद चली जाऊगी।' पायल ने जवाब दिया और रास्ते के तरफ जाकर टेक्सी वाले को आवाज दी और बैठ कर चली गई।

रजत समुद्र की तरफ देख रहा था और एकाएक उसकी आँखो से आँसू टपकने लगे। आज रजत ने अपना

प्यार खो दिया था, जिसे पाने के लिये वह ये सब कर रहा था पर वह खुश था कि चलो पायल अब किसी अच्छे से इन्सान के साथ शान्ति और प्यार से अपनी जिन्दगी गुजारेगी।

अगले दिन सभी लोग रजत के घर के बाहर खडे थे। रजत के पापा और मम्मी, रजत के तीनो दोस्त जो उसे छोडने जाने वाले थे। रजत ने मम्मी और पापा के पैर पडा।

'बेटे अपना ख्याल रखना। थोडे दिनो के लिये और रूक जाता। तेरी छुट्टिया कैसे बीती पता ही नहीं चला।' रजत की माँ बोली उनकी आँखे भर आई थी।

'माँ नहीं रूक सकता ना और अगर आप ऐसे रोने लगोगी तो मैं जा नहीं पाऊँगा। पापा समझाओ ना माँ को।' रजत ने बोला और पापा की तरफ देखा। रजत के पापा के आँखो में भी आँसू थे।

'पापा आप भी रोने लगे।' रजत ने पापा के तरफ देखते हुये बोला।

'नही रे पगले, ये तो खुशी के आँसू है।' मेरे बेटे ने मेरा नाम रोशन कर दिया।

रजत ने पापा को गले लगा लेता है, 'पापा मैं मन लगाकर मेहनत करूँगा आप के नाम पर कभी आँच नहीं आने दूँगा।' रजत ने वादा करते हुये कहा।

'अच्छा चलो अब मेरा समय हो गया है मैं चलता हूँ। अपना ख्याल रखना मैं जल्दी से जल्दी वापस आने की कोशिश करूँगा।' रजत ने कहा।

'पायल नहीं आई तुझसे मिलने के लिये उसे बताया तो था ना कि तू जा रहा है।' अमर ने पूछा।

'चल यार। समय ज्यादा हो गया है।' रजत ने बात काटते हुये कहा।

रजत बाईक में बैठता है और एक बार मुड़कर पायल के घर के तरफ देखता है लेकिन खिड़की पर कोई नहीं दिखाई देता। बाईक निकल जाती है। रजत एक बार पायल को देखना चाह रहा था पर देख नहीं पाता है।

***

कम्पनी

रजत की छुट्टिया खत्म हो चुकी थी। रजत वापस सेना में आ जाता है। उसकी पोस्टिंग काश्मीर के एक इलाके में हुई थी। यह जगह चारो तरफ से पहाडो से घिरी होती है इसलिए यहाँ सम्पर्क में बहुत परेशानी होती है। मोबाइल का नेटवर्क भी नहीं मिलता है। अगर किसी को घर में बात करना होता है या मोबाइल से किसी से बात करना है तो उसे 25 किलोमीटर जाना पड़ता था। रजत सेना के कैम्प में जाता है, अपना सामान रखता है। रजत के साथ बहुत से दोस्त जो उसके साथ ही ट्रेनिंग में थे, सभी आपस में बात कर रहे थे कि घर में कैसे समय बीता।

एक ने कहा 'यार! घर में समय कैसे बीता पता ही नहीं चल।'

दुसरे ने कहा 'लेकिन कुछ भी कहो घर वालो को खुश देखकर मजा ही आ गया।'

एक ने कहा 'भाईयो मैं तो जैसे ही घर गया, घर वालो ने लडकी दिखा दी। मैने भी हाँ कह दिया और सगाई भी हो गई।'

सभी एक साथ बात कर रहे थे और बधाईया देते है पर रजत दूर खडा अपने ही ख्यालो में खोया था।

एक सिपाही रजत से पूछता है, 'भाई रजत तुम बहुत चुप-चुप हो, लगता है मजा नहीं आया घर मे।'

रजत एकदम से उसकी तरफ देखता है, 'नहीं ऐसा नहीं है यार।'

और रजत उस सिपाही से हाथ मिलाकर बधाई देता है जिसकी सगाई होती है और वहाँ से निकल जाता है। रजत का एकदम से निकलना सभी को अजीब-सा लगता है। रजत बाहर आता है और राहुल को फोन लगाता है। वैसे वहाँ से फोन लगाना आसान नहीं था पर राहुल को फोन लग जाता है

'कैसा है?' रजत ने पूछा

'मै अच्छा हूँ, तू कैसा है?' राहुल ने जवाब दिया

'मै भी अच्छा हूँ। तूने भी ज्वाईन कर लिया क्या?' रजत ने फिर से पूछा

'हाँ। क्या बात है तेरी आवाज से तू कुछ परेशान-परेशान-सा लग रहा है।' राहुल ने पूछा।

'नही भाई ऐसा नहीं है। मैं परेशान बिल्कुल भी नहीं हूँ?' रजत ने बात संभालते हुए कहा।

'हो गया तेरा। चल अब बता बात क्या है?' राहुल ने सवालिया अंदाज में पूछा।

'यार! पायल ने मुझसे अपने प्यार का इजहार किया।' रजत ने बताया।

'वाह! ये तो बहुत अच्छी बात है। आखिर भाभी मान ही गयी। लेकिन बात क्या है जिससे तू परेशान है।' राहुल थोड़ा अजीब जवाब मिलने के कारण पुछ रहा था।

'यार मैंने उसे मना कर दिया।' रजत ने निराशाजनक जवाब दिया

'अरे! तू पागल हो गया है क्या? मना क्यो किया। वही तो एक कारण था जिसके कारण तू सेना में आया था।' राहुल गुस्सा होते हुए बोला

'हाँ यार! बात तो तेरी भी सच है पर जब मैने तेरी बचपन की कहानी सुनी तो मुझे लगा कि प्यार का मतलब है आप जिससे प्यार करते है उसकी खुशी देखना। मैं उसे दुख नहीं देना चाहता। अगर मुझे कुछ हो गया तो मेरे बाद उसका क्या होता?' रजत ने राहुल को उसकी बात याद दिलाते हुए बोला।

'पागल तू कल का सोच कर अपना आज खराब क्यो कर रहा है। अगर तुझे कभी कुछ हुआ ही नहीं तो तू हमेशा इस बात को लेकर पछतायेगा।' राहुल समझाते हुए बोला।

'भाई मैं जो कर रहा हूँ मैने उसके लिये बहुत सोचा है। मैं नहीं चाहता कि वह मेरे कारण परेशान हो। मैं उसे दुखी नहीं देखना चाहता।' रजत ने कहा।

'साले एक तो उसको दुख देता है, मना करके और बोलता है मैं उसको दुख नहीं देना चाहता।' राहुल समझाते हुए बोला।

और फोन कट हो जाता है शायद नेटवर्क के कारण ऐसा होता है।

रजत भी सोचने पर मजबूर हो जाता है कि मैन कुछ गलत तो नहीं कर रहा हूँ।

कुछ दिनो के बाद रजत के पास अमर का फोन आता है।

'हा! अमर कैसा है इतने दिनो के बाद कैसे याद आ गई?' रजत ने पूछा।

'यार! मैं कितने दिनो से लगा रहा था। तेरा फोन लग क्यो नहीं रहा था।' अमर ने बोला।

'हेल्लो, आवाज नहीं आ रही है भाई। यहा नेटवर्क नहीं होता है अकसर।' रजत ने कहा।

'मै बोल रहा हूँ, मैं कितने दिनो से लगा रहा हूँ तूझे फोन हेल्लो...' अमर ने जवाब दिया।

'यार! यहा नेटवर्क का बहुत प्रोबलम है।' रजत मोबाइल की तरफ देखते हुए बोला।

'सुन यार पायल बहुत दिनो से परेशान है। उसे पता चल गया है कि तू भी उससे बहुत प्यार करता है। वह बहुत परेशान रहती है। हम लोगों से मिलकर कहा उसने कि तुझे फोन किया था पर लग नहीं रहा था। वह तुझसे बात करना चाहती है हैल्लो-हैल्लो।' अमर ने रजत को बताने की कोशिश की।

रजत बात सुनकर भी अनसुनी कर देता है और कहता है, 'यार! तेरी आवाज नहीं आ रही है मैं फोन लगाता हूँ यहा नेटवर्क की बहुत परेशानी है।' रजत ने कहा

'यार ले एक बार पायल से बात कर ले।' अमर ने बात आगे बढ़ाते हुए कहा।

पायल का नाम सुनते ही खडा का खडा रह जाता है।

'हैलो-हैलो रजत?' पायल ने कहा।

और फोन कट जाता है।

अमर, पायल से बात करता है।

'पायल शायद फोन कट गया। वहा नेटवर्क का बहुत नाटक है। तुम परेशान मत हो। मैं एक काम करता हूँ आज ही रजत के नाम एक चिट्ठी लिख देता हूँ और मैं कोशिश भी करूँगा कि बात भी हो जाये।' अमर ने समझाते हुए पायल से कहा।

रजत वहा से सीधा नेटवर्क के लिये जीप से निकलता है। नेटवर्क एरिया में जाकर वापस अमर को फोन लगाता है।

'हैल्लो' रजत ने कहा

'हैल्लो, रजत यार मैं तेरे ही फोन का इन्तजार कर रहा था। अभी कुछ देर पहले ही पायल गयी है यहाँ से। तू रूक मैं उसे बुलाता हूँ।' अमर ने कहा

'पहले मुझे तुझसे बात करनी है।' रजत ने अमर को रोकते हुए बोला।

'हाँ बोल।' अमर ने कहा

'बस एक बात बता पायल को कैसे पता चला कि मैं भी उससे प्यार करता हूँ।' रजत ने पूछा

'यार बात कुछ ऐसी हुई की, हम तीनो चाय की दुकान में बैठे थे और पायल वहाँ से निकली। हम लोग बहुत दिनो से उसे उदास-उदास देख रहे थे। तूने कभी बताया ही नहीं हम लोगों को की तुने पायल से प्यार का इजहार नहीं किया। हमे लगा तू दूर है उससे इसलिये वह परेशान रहती है, इसलिये हम लोग उसके पास गये और सोचा कि कुछ बात करेगे तो उसे भी अच्छा लगेगा।' अमर ने कहा

'पायल क्या बात है बहुत दिनो से हम लोग तुम्हे उदास देख रहे है।' अमर ने बोला

'कुछ नही, ऐसी कोई बात नहीं है।' पायल ने जवाब दिया

'पायल हम रजत के साथ-साथ तुम्हारे भी दोस्त है। तुम्हे उस नालायक की याद आ रही है ना?' विनोद ने कहा

'मेरी बात मानो वह पागल भी तुम्हे ही याद कर रहा होगा। दिन रात, सोच रहा होगा तुम्हारे पास जल्दी से जल्दी कैसे आया जाये।' अमर ने कहा

पायल आश्चर्यचकित भाव से तीनो को देखने लगती है।

तीनो को भी कुछ अजीब-सा लगता है जैसे उन लोगों ने कुछ गलत कह दिया हो।

'ये क्या बात कर रहे हो वह मुझे क्यो याद करेगा?' पायल ने सवाल किया

'क्या उसने नहीं बताया की वह तुमसे प-प प्यार करता है?' विनोद थोड़ा हिचकिचाते हुए बोला

'क्या बात कर रहे हो तुम लोग?' पायल ने चौकते हुए पूछा

पायल उन लोगों को मरीन ड्राईव वाली बात बता देती है।

तीनो को सुनकर बहुत अजीब लगता है और पायल रोने लगती है।

'पायल यार! रोना बन्द करो, हमे कुछ समझ में नहीं आ रहा है कि हो क्या रहा है? रजत ने तुमसे ऐसा क्यो कहा। रूको हम रजत से बात करते है।' अमर ने कहा

'और तब से हम तुझे फोन लगा रहे थे पता नहीं तेरा फोन ही नहीं लग रहा था। अब बता बात क्या हुई? तुने पायल से क्यो कहा तू उससे प्यार नहीं करता।'

'यार! मैंने जो करा है बहुत सोच समझकर करा है।' रजत ने कहा

'क्या सोच समझकर फैसला लिया है। याद है उसके लिये तुने हम लोगों के साथ अपने बचपन के दोस्तो के साथ लडाई कर लिया था। दिनभर उसके पीछे बिना बात के बस में सफर करता था और उसके लिये पंसद ना होते हुये भी इंजीनियरिंग का टेस्ट दिया था। और जहाँ तक मुझे पता है आर्मी में भी तू उसी के कारण गया था।' अमर ने गुस्से में कहा

'भाई मुझे पता है मैं क्या कर रहा हूँ। तुम लोगों को बताने की जरूरत नहीं है मैं क्या सही कर रहा हूँ और क्या गलत।' रजत ने गुस्से में कहा

'साले पहले जब तू उसके लिये दिवान बना फिरता था तब तू गलत था और आज जब सब कुछ ठीक चल रहा है और तू उसे मना कर रहा है तब भी तू गलत है।' अमर ने कहा

'तुम लोगों की नजरो में मैं ही गलत क्यो होता हूँ? मैं बस यही चाहता हूँ की पायल हमेशा खुश रहे।' रजत ने कहा

'एक तो उसे दुख देता है और कहता है वह हमेशा खुश रहे।' अमर ने कहा

रजत को अचानक राहुल की बात याद आ जाती है। राहुल ने भी रजत को यही बात बोला था।

'एक दिन तू हमारे पास आयेगा रोते हुए याद रखना ये बात।' अमर ने आगे कहा

और अमर फोन काट देता है।

रजत सोचने लगता है कि यार! सबको मैं ही गलत लग रहा हूँ। शायद मैं ही गलत हूँ। कल का सोच कर अपना आज खराब कर रहा हूँ। समझ में नहीं आ रहा है क्या करूँ।

इधर अमर पायल से कहता है कि मैंने रजत से बात करने की कोशिश की पर नेटवर्क का बहुत प्रोबलम है। वहा जैसे ही लग जायेगा तुम्हे बता देगे।

पायल सुनकर उदास होकर चली जाती है।

'अमर तुने पायल से झूठ क्यो कहा कि तेरी रजत से बात नहीं हुई। अभी-अभी तो तू रजत से बात कर रहा था।' विनोद ने कहा

'विनोद वह पागल हो गया है। साला इतना प्यार करता है पायल से और मुझसे कहता है कि पायल से दूर रहकर वह उसे खुश देखना चाहता है अब तू ही बता ये बात मैं पायल को कैसे बताऊँ?' अमर ने कहा

'अच्छा थोडा टाईम दे रजत को। वह जरूर पायल के पास वापस आ जायेगा।' विनोद ने समझते हुए कहा

रजत भी दिनभर पायल के बारे में ही सोचता है। हमेशा अपने ही ख्यालो में खोया रहता है। बस एक ही प्रश्न का हल ढुढता रहता है कि पायल से दूर होकर कोई गलती तो नहीं कर रहा है। एक दिन वह अपनी पोस्ट में अचानक देखता है कि दूर से राहुल चला आ रहा है। वह देखकर बहुत खुश होता है। रजत दौड के राहुल के गले लग जाता है। राहुल भी बहुत प्यार से गले मिलता है और दूर हटकर रजत को एक जोरदार थप्पड़ मारता है रजत एकदम से देखता रह जाता है।

'राहुल ये क्या कर रहा है मुझे मारा क्यू?' रजत ने पूछा

'साले! मजनूगिरी करनी ही थी तो आया क्यूँ सेना में। चले जाता वही मुम्बई और आवारागर्दी करता। यहा क्यूँ आया।' राहुल ने गुस्से में कहा

'पर हुआ क्या?' रजत ने सवालिया अंदाज में कहा

'हुआ क्या पूछ रहा है। साले तेरे कारण छुट्टी लेकर यहा आ रहा हूँ। छुट्टी लेकर माँ से मिलने जाना चाहिए था पर तेरे से मिलने आना पड रहा है।' राहुल ने जवाब दिया

'तो यहाँ क्यू आया भाई? मैने तो कोई फोन नहीं किया था तूझे?' रजत ने बोला

'तुने नहीं किया पर और भी लोग यहाँ नौकरी करते है। और वह भी मेरे दोस्त है। जिसका भी फोन आता बस एक ही प्रश्न करता कि रजत को हुआ क्या है? किसी से बात ही नहीं करता। पता नहीं किस दुनिया में रहता है। भाई चाहता क्या है?' राहुल अभी भी गुस्से में था

'ऐसा कुछ भी नहीं है।' रजत ने कहा

'अच्छा बता आखिरी बार किससे बात किया था तुने दोस्तो जैसा?' राहुल ने सवाल किया

रजत के पास इस प्रश्न का कोई उत्तर नहीं होता है।

'साले! इसलिये तो बोल रहा हूँ यही सब करना था तो आया ही क्यो सेना मे?' राहुल ने वापस सवाल किया

'भाई ऐसा कुछ भी नहीं है।' रजत ने बचते हुए कहा

'भाई तू उस लडकी से बहुत प्यार करता है। वह मिल रही है तो छोड मत। जिन्दगी भर ऐसा ही रहना पडेगा नहीं तो।' राहुल ने बोला

'यार! अभी आया ही तो है। आराम कर ले। मैं भी अभी जा रहा हूँ राउंड पर पास के गाँव में। शाम को जाम के साथ बात करते है ना।'रजत ने बात बदलते हुए कहा

रात के समय राहुल और रजत ओपन जीप लेकर निकलते है और खुले मैदान में रास्ते के पास में लगाते है। रजत जीप में से कुछ सुकी लकडिया निकालता है और उन्हे रोड के बाजू में एक खाली स्थान देख कर जलाता है। इधर राहुल एक थैले में से एक शराब की बोतल और दो गिलास निकालता है। रजत आग जलाकर वापस आता है बोतल और गिलास जीप के बोनट पर राहुल रख कर एक-एक पैग बनाता है।

'क्या समय है मेरे भाई। जब से ज्वाइन किया है पहली बार ऐसा मजा आ रहा है।' रजत तारो के तरफ देखता है और कहता है

राहुल पैग बनाते हुये उसकी बाते सुनता रहता है।

'राहुल अच्छा हुआ भाई तू आ गया। ऐसा लग रहा है मानो बहुत दिनो बाद सास ले रहा हूँ।' रजत ने आगे कहा

वाकई में नजारा देखने वाला था। एक सीधी रोड रात के 12 बजे दूर-दूर तक पहाड ही पहाड और कुछ नही। साइड में हल्की-हल्की आग जो ठण्डी को दूर रखने की नाकाम कोशिश कर रही थी और हाथ में एक गिलास शराब। सबसे बडी बात आपके पास में आपका सबसे अच्छा दोस्त।

अपनी दोस्ती के नाम दोनों एक साथ कहते है और जाम आपस में टकराते है। दोनों अपना पहला पैग खत्म

करते है फिर दूसरे पैग की शुरूआत होती है। दोनों गाडी के बोनेट पर बैठे होते है और दूर आसमान की तरफ तारो को देख रहे होते है। दोनों के बीच बहुत ज्यादा बात नहीं होती है अभी तक।

दोनो अपना दूसरा पैग खत्म करते है फिर बारी आती है तीसरे पैग की। दोनों एक-एक घूट पीते है।

'आगे का क्या सोचा है?' राहुल पूछता है

रजत को एक दम से वह दिन याद आ जाता है जब उसके पिताजी ने पहली बार शराब पिलाकर उससे पूछा था कि आगे का क्या सोचा है?

'यार राहुल एक बात समझ में नहीं आती।' रजत ने कहा

'क्या?' राहुल ने पूछा

'साला ये सवाल हर कोई शराब पिलाकर ही क्यो पूछता है। कसम से पूरी शराब उतर जाती है। साला उतारना ही है तो पिलाते क्यो हो?' रजत ने कहा

'भाई ऐसा क्या पूछ लिया मैने?' राहुल ने कहा

'नही यार कुछ नहीं। इस सवाल से बहुत पुराना नाता है मेरा। तो कुछ पुरानी यादे ताजा हो गईं।' रजत ने कहा

फिर रजत अपनी बात को आगे बढ़ाते हुये कहता है।

'मै जानता हूँ तू मुझसे पायल की बात करना चाहता है। यार मैं उससे बहुत प्यार करता हूँ। अब कितना प्यार करता हूँ ये मैं भी नहीं जानता बस बहुत ज्यादा प्यार करता हूँ।' रजत ने कहा

'अरे! तो फिर प्यार का इज़हार क्यो नहीं किया अभी तक।' राहुल को कुछ समझ में नहीं आ रहा था

'डरता हूँ अगर कल को मुझे कुछ हो गया तो मेरे बाद पायल का क्या होगा?' रजत ने जवाब दिया

'अबे साले जिन्दगी भर डरता ही रहेगा क्या? जिन्दगी है जिने के लिये। हँस कर जी इसको। चल मान ले तू सेना में नहीं है, कोई अच्छी-सी कम्पनी में जाब करता है। तेरी शादी पायल से हो जाती है। अब शादी के अगले दिन तू हँसी खुशी अपनी कार से कही जा रहा है और तेरी गाडी की टक्कर हो जाती है और वही तेरी मौत हो जाती है। अब बता पायल का क्या होगा?' राहुल ने कहा

'ये कैसी-कैसी बाते कर रहा है?' रजत ने कहा

'तेरी भाषा में तूझे समझा रहा हूँ।' राहुल ने जवाब दिया

'पर तू भी तो शादी नहीं करेगा ना? तुने ही मुझसे कहा था।' रजत ने कहा

रजत की बात सुनकर राहुल बोनेट से उतरता है और रजत के सामने खडा होता है और अपने जेब से एक कार्ड निकालकर रजत को देता है।

'सबसे पहले तूझे ही दे रहा हूँ।' राहुल ने कहा

रजत कार्ड खोलकर देखता है तो वह राहुल की शादी का कार्ड होता है। रजत देख कर चौक जाता है।

'प प पर तूने तो कहा था कि......' रजत ने कहा

'भाई मैं अपनी कही बात भूल गया पर तुने याद रखा है। गरम खुन में मुँह से ऐसे शब्द निकल जाते है । पर जब ये ही बात मैने माँ से कही तो मुझे एक जोरदार थप्पड पडा।' राहुल ने कहा

'तो क्या मैं जिन्दगी भर अकेली रहूँ। अब तू अपनी नौकरी देखता है। कम से कम मुझे बहू और पोते-पोती का तो सुख भोगने दे।' राहुल की माँ ने कहा

'एक पल में माँ ने मेरी सोच ही बदल दी और मैने लडकी देखकर हाँ बोल दिया।' राहुल ने कहा

आग बुझ चुकी थी बस अब वह आखिरी-आखिरी जल रही थी। दोनों आग के पास आकर बैठ जाते है और बात आगे बढती है।

'यार! कर ले शादी और बसा ले अपनी जिन्दगी।' राहुल ने कहा

'क्या मुह लेकर जाऊंगा मैं पायल के पास। मैने ही उसे मना कर दिया था।' रजत ने कहा

'एक बार बात तो करके देख। मुझे पता है वह मान जायेगी।' राहुल ने कहा। अचानक राहुल को दुर मैदान में हलचल दिखाई देती है। राहुल, रजत को कहता है जल्दी रेत डाल अगारे मे। रजत और राहुल जल्दी से आग बुझा देते है और रजत दौड कर जीप में से दूरबीन लेकर आता है।

'राहुल ये तो कोई 5-6 लोग है उनके पास हथियार भी है।' रजत ने कहा

'ला मुझे देखने दे।' राहुल ने दूरबीन मांगते हुए कहा रजत दुरबीन राहुल को दे देता है।

'हम लोग इन्हे ऐसे नहीं जाने दे सकते। कुछ तो करना ही होगा।' राहुल ने कहा

'हमारे पास हथियार नहीं है राहुल, मेरे पास बस एक चाकू है और हम बेस से भी बहुत दूर है। हमारे वहाँ

सम्पर्क करने के बाद भी मदद बहुत देर में पँहुचेगी।' रजत ने चिंता जताते हुए कहा

'एक काम कर तू बेस में खबर कर दे और हम लोग इनका पीछा करते है।' राहुल ने जवाब दिया

रजत जीप में रखे फोन से बेस में सम्पर्क करता है।

'हैल्लो! सर मैं रजत बोल रहा हूँ।' रजत ने फोन पर कहा

'हाँ रजत बोलो।' बेस का सिपाही बोला

'मै पहाडो के पास सडक के किनारे हूँ और यहाँ पर पहाडो पर कुछ हलचल दिखी है।' रजत ने जवाब दिया।

'कैसी हलचल?' सिपाही ने जानकारी इकड्ठा करते हुए कहा

'सर यहाँ 5-6 हथियारबंद लोग पहाडो में बायी और जा रहे है। मेरे पास हथियार नहीं है।' रजत ने जवाब दिया

'हाँ तुम वही रूको मैं बेकअप भेज रहा हूँ।' सिपाही ने बेस कैंप से कहा

'नही सर। अगर हम यहाँ रूके तो वे लोग हमारे हाथ से निकल जायेगे। मेरे साथ मेरा के दोस्त जो दूसरी बटालियन से है, राहुल। हम दोनों उनका पीछा करने जा रहे है आप को हमारी जीप रास्ते में मिल जायेगी। जहाँ जीप है वहा से बायी तरफ पहाडो के और वे लोग जा रहे है। मैं और राहुल उनका पीछा करेगे और बेकअप का इन्तजार करेगे।' रजत ने आगे कहा

'तुम लोग उनका पीछा करो। हम लोग तुम्हारे पास जल्द से जल्द पहुँच जायेगे। देखो बस पीछा करना दूर से ही। पास जाने की जरूरत नहीं हैं।' सिपाही ने समय को समझते हुए कहा

'जी जनाब परन्तु सही मौका मिलने पर क्या हम हमला कर सकते है?' रजत ने पूछा

'बस अपने धैर्य से काम लेना सैनिक। ओवर एन्ड आउट।' सिपाही ने जवाब दिया

रजत और राहुल उनका पीछा करने लगते है। पीछा करते-करते वे लोग एक पहाड़ में रूकते है। उनमे से एक बोलता है।

'अभी दो तीन घण्टे का आराम कर लो हम लोग सफलतापूर्वक भारत में आ चूके है। बस दो-तीन घण्टे में पास के गाँव के लिये निकल पडेगे।

रजत राहुल से धीरे-धीरे कहता है।

'हम दोनों अब अलग-अलग हो जाते है। बिना शोर किये इनको पकडना है।' रजत ने धीमी आवाज में कहा

रजत एक चाकू अपने मौजो में से निकाल कर राहुल की तरफ बढ़ाता हैं।

'जरूरत पडी तो गला रेत देना इस चाकु से।' रजत ने आगे कहा

'फिर तेरे पास क्या हथियार रहेगा अगर ये चाकू मेरे पास रहेगा?' राहुल ने पूछा

'मेरे हाथ ही काफी है इन लोगों के लिये लेकिन तू देखना अपना ख्याल रखना। हमारे लोग आते ही होगे तो बस। अपनी जगह पर रहना हम इन्तजार करेगे।' रजत ने कहा

'अगर ये लोग सोने जा रहे है तो एक ही बन्दा पेहरा देगा। तब उसपर हमला करेगे धीरे से ताकि हमारे पास भी हथियार आ सके।' राहुल ने बोला

रजत और राहुल दोनों अपनी-अपनी जगह ले लेते है। वे लोग उनपर नजर रखते है।

कुछ देर के बाद उनमे से एक आतंकवादी कहता है, 'हमारा सफर काफी लम्बा और थकावट भरा था। हमे अब सो जाना चाहिये।'

वो एक आतंकवादी के तरफ हाथ दिखाता हैं।

'तुम पहरा दो और हर एक घण्टे में हम बारी-बारी से पहरा देगे। वैसे इस जगह कोई आयेगा तो नहीं पर कडक पहरा देना। इतने दूर आने के बाद हम अपने मकसद को नाकामियाब नहीं होने दे सकते।' आतंकवादी ने कहा

'हाँ बहुत बडा मिशन हमे मिला है। बहुत खुशनसीब है हम लोग जो ये काम करने का मौका मिला है।' दूसरा आतंकवादी ने जवाब दिया

'हा चलो बहुत हुई बात। अभी बहुत सफर बचा है। हमे एक-एक मिनिट का पुरा फायदा उठाना है।' उनमे से एक आतंकी बोला जो उनका सरगना-सा लग रहा था। सभी सो जाते है। सभी की बन्दूके उनके पास में ही थी और एक आतंकवादी पहरा देने लग जाता है।

रजत हाथो से राहुल को इशारे करता है। रजत बहुत देर से और भी सैनिको का इन्तजार कर रहा था। रजत ने सोचा कि अगर सैनिक पहाडो में गलत रास्ते में निकल गये तो मेरे तक पहुँचना बहुत मुश्किल है और अभी ये सब सो रहे है तो एक आतंकवादी जो पहरा दे रहा है उसको अपनी गिरफ्त में लेकर उसके हथियार से सबको एक साथ बन्दी बनाया जा सकता है और राहुल भी है साथ में तो ये काम और भी आसान हो जायेगा।

वो आतंकवादी इधर-उधर घुम रहा था और पुरी तरह से चौकना था उसके हाथो में AK-47 बन्दुक थी। जिसका सीधा-सा मतलब है कि हमला इतनी सफाई से करना था कि सोये हुए आतंकी जाग ना जाये। राहुल सोच रहा था कि उन्हे और सैनिको का इन्तजार करना चाहिए ताकि हथियारो के साथ इनपर हमला किया जाये और जिन्दा पकड कर इनसे इनके नापाक इरादे जान सके।

रजत एक झाडी के पीछे छिपा हुआ था और सोच रहा था कि पहरेदार के पास आते ही हमला कर दिया जाये। और बिना किसी देरी के एक जोरदार हमला कर के उससे बेहोश करके मौत के घाट उतार दिया जाये।

रजत ये सब सोच ही रहा था कि पेहरेदार राहुल की और बढ़ा। राहुल ने सोचा मौका अच्छा है और उसने उस पेहरेदार पर चाकू से हमला कर दिया पर राहुल ने ये नहीं देखा था कि उस पेहरेदार की उँगली ट्रिगर पर ही रखी हुई थी। जैसे ही राहुल ने हमला किया पहरेदार से गोलिया फायर हो गई। एक दम से गोलियो की आवाज से सभी आतंकी हरकत में आ गये।

रजत अपनी जगह से भी नहीं हिल पाया था और सभी ने राहुल को घेर लिया। राहुल के हाथो में चाकू था जिससे उसने सफलतापूर्वक एक आतंकवादी पर काबू पा लिया था। आतंकवादियो ने अपनी AK-47 बन्दूके राहुल पर तान दी। जो इन सबका सरगना-सा लग रहा था उसने उस नीचे गिरे आतंकवादी के तरफ देखा और कहा।

'तुम्हे हमने पेहरे के लिये रखा था और तुम एक पहरा भी ठीक से नहीं दे पाये। वह देखो तुम्हारी बन्दूक कहा पडी हैं।' आतंकवादी ने कहा

'वो दूर पडी बन्दूक की तरफ इशारा करते हुए कहता है।'

फिर बात को आगे बढ़ाते हुये कहता है कि, 'इतने बडे मिशन पर हो और एक सेना के जवान ने तुमसे बन्दुक छीन ली।'

उस आतंकवादी के शरीर से खून बह रहा था क्योकि राहुल ने चाकू से घाव काफी गहरा किया था।

जो सरगना था उसने एक छोटी बन्दूक उठाई और उस आतंकवादी के सिर पर रखकर बोला,

'हमने सबसे कहा कि हमारा एक के बन्दा 20-20 लोगों के बराबर और तुमने पुरी नाक कटवा दिया हमारी।' आतंकवादी ने कहा

और एक गोली की आवाज के साथ वह आतंकवादी जमीन पर गिरा होता है, फिर वह सरगना राहुल की तरफ देखता है।

'तुमने हमको ढुढा कैसे?' आतंकवादी ने सवालिया अंदाज में कहा

राहुल कुछ नहीं बोला वह बस घुटनो के बल बैठा था और पीछे दो आतंकवादी उस पर बन्दूक ताने खडे थे।

एक टक राहुल को देखते हुये आतंकवादी बोला नहीं तुम अकेले नहीं हो और बन्दूक के पीछे का हिस्सा राहुल के सिर पर जोर से पडता है। राहुल बेहोश हो जाता है और उसके सिर पर से खुन निकलने लगता है। आतंकवादी

उसके सिर पर बन्दूक रखता है और कहता हैं, 'अगर मेरे तीन गिनने पर जो कोई भी है बाहर नहीं आया तो मैं इसको गोली मार दूँगा।'

1.........2...........

इतने में रजत भी झाडियो से बाहर निकलता है। दुसरा आतंकवादी तेजी से जाता है और रजत को भी सर में जोरदार तरीके से बन्दूक के पीछे का हिस्सा मारता है। रजत भी बेहोश हो जाता है।

थोडी देर में रजत को एहसास होता है कि उसके मुँह पर पानी पडता है और कोई उसके गाल में हाथ मार रहा होता है।

'उठ चल उठ अपनी मौत बेहोशी में देखेगा क्या?' आतंकवादी ने बोला

'चल बता और कौन-कौन है तेरे साथ?'

'चल बता...................'

रजत अभी भी बेहोशी की हालत में रहता है। उसे दूसरी तरफ जमीन पर राहुल दिखाई देता है पडा हुआ खुन से लथपथ। इतने में उसे एक आवाज सुनाई देती है।

'इन दोनों को मारकर आगे बढते है सफर लम्बा है अभी।' आतंकवादी ने कहा

'हाँ खत्म कर दो दोनों को। ज्यादा गोलिया खराब मत करना बस एक-एक 9mm की गोलिया सिर पर मार देना।' दुसरा आतंकवादी ने साथ देते हुए कहा।

दो आतंकवादी रजत और राहुल के ऊपर बन्दूके तान कर खडे थे और रजत के बाजू में एक और आतंकवादी एक 47 लेकर खडा था।

रजत एक दम से आखे बन्द करता है और उसे पायल दिखाई देती है रोते हुये।

'रजत मत जाओ मुझे छोड कर मैं तुमसे बहुत प्यार करती हूँ।' पायल ने कहा

रजत पायल के लिये हाथ आगे बढ़ाता है पर सामने कुछ नहीं होता।

दोनो आतंकवादी गोलिया चलाने ही वाले होते है कि दोनों को सर पर गोली पडती है और दोनों जमीन पर। रजत जल्दी से अपनी पूरी ताक़त लगाकर सामने वाले आतंकवादी से बन्दूक छीन लेता है।

और उसे भी गोली पडती है और चारो तरफ से भारतीय सेना के जवान उन्हे घेर लेते है।

✱ ✱ ✱

मिशन

सभी आतंकवादियो में से केवल दो ही बचे होते है जिनमे से एक सरगना होता है। रजत के पास दो तीन सिपाही जाते है और उसे देखते है।

'पहले राहुल को देखो उसको ज्यादा जरूरत है मेडिकल की।' रजत ने चिंता जताते हुए कहा

'उसके पास भी लोग है रजत बस तुम चिन्ता मत करो, उसे भी ज्यादा चोट नहीं आई है।' सिपाही ने जवाब दिया

इतने में वहाँ रजत के आफिसर रजत के पास पहुँचते है।

'शाबाश! अच्छा काम किया। अब हमे इनके नापाक इरादे पता करना है।' आफिसर ने रजत से कहा

'सर! एक बात कहुँ अगर बुरा ना माने तो?' रजत ने कहा

'कहो जवान सरमाओ मत।' आफिसर ने कहा

'सर इनको बेस में लेकर जाने के बाद कानूनी प्रकिया से गुजरने के बाद इनसे पूछताछ में काफी समय बरबाद हो सकता है। हम यही नहीं पूछ सकते क्या?' रजत ने जवाब दिया

'लेकिन क्या पूछना है जवान?' आफिसर ने कहा

'सर ये लोग बात कर रहे थे कि कोई बहुत बडा मिशन मिला है और जल्दी से पास के कोई गाँव जाना है ताकि फिर मिशन को मुकाम तक पहुँचाया जा सके। सर ये लोगों के पास ज्यादा समय नहीं था मिशन को मुकाम तक पहुँचाने के लिये और इनकी बातो से मुझे लग रहा है कि कोई बड़ा प्लान है इन लोगों की।' रजत ने कहा

'अच्छा तो ये बात है।' आफिसर ने समझते हुए कहा

'सर हम दो लोगों को लेकर जायेगे तो भी कुछ ज्यादा नहीं मिलेगा। मेरे पास एक प्लान है, ये अभी यही उगलेगा अपने मिशन के बारे मे।' रजत ने जवाब दिया

'ओके, चलो देखते है। तुम्हे बहुत विश्वास है अपने ऊपर जवान।' आफिसर ने सहमति जताते हुए कहा

'नही सर। पापा ने बोला था कि आर्मी में जाकर कुछ बडा काम करना। उसी की कोशिश कर रहा हूँ।' रजत मन में कहता हैं।

'तुमने कुछ कहा जवान?' आफिसर ने पूछा

'नही सर।' रजत ने कहा

और कहकर रजत आफिसर के बाजू से निकलता है और एक सैनिक से माऊजर माँगता है।

दोनो आतंकवादी खडे रहते है और सैनिक उनको पकडे रखते है। रजत कहता है जाकर।

'छोड दो यारो। कहाँ जायेगे हमसे बचकर। चारो तरफ तो हम ही हम है।' रजत ने जोश में कहा

रजत बहुत जोश में दिखाई देता है। वह राहुल की तरफ देखता है। राहुल बैठा था और उसके पास में सैनिको ने आग लगा दी थी थोडी-सी ताकि थोडा जख्म देख सके।

रजत फिर सरगना के तरफ देखता है उसके पास जाता है। सभी सैनिको ने उनपर बन्दूके तानी होती है। पास जाकर रजत कहता है।

'मुझे पक्का पता है तू कुछ नहीं बतायेगा।' रजत ने कहा

रजत के तरफ देखकर वह आतंकवादी बाजू में थुकता है। रजत पास जाकर बन्दूक के पीछे का हिस्सा मारता है उसे और वह जमीन पर गिर जाता है।

अब रजत दूसरे आतंकवादी के तरफ देखता है।

'तू बतायेगा प्लान क्या है?' रजत ने आखों में आंखे डालकर कहा

वो आतंकी अपने आप को ताकतवर दिखाने की नाकाम कोशिश कर रहा था।

रजत बोलता है, 'देख अगर बता दिया तो तू जिन्दा बच जायेगा नहीं तो तुझे बोझ बनाकर लेकर जाने का कोई फायदा नहीं है।

'मै मौत से नहीं डरता।' आतंकवादी ने कहा।

'अभी तूने मौत देखी कहा है जो डर जायेगा।' रजत ने जवाब दिया

रजत अपनी माउजर सरगना के तरफ रखता है।

'यार! तूने अपनी बन्दूक भारतीय सेना के सैनिक के हाथ में दे दी। अब तू किसी को क्या मुँह दिखायेगा। तू तो कहता फिरता है ना कि तेरा एक-एक आदमी 20-20 आदमियो कि ताकत रखते है।' रजत ने कहा

रजत फायर करता है और सरगना जमीन पर गिर जाता है और फिर वह बन्दूक आतंकवादी की तरफ घुमाता

है और कहता है, 'अब मैं तीन तक गिनती गिनने वाला हूँ।'

'एक दो तीन ...'

और एक गोली चलाता है जिसकी आवाज गुंजती है। वह आतंकवादी जमीन पर पड़ा होता है पर गोली आतंकवादी के बाजू में चलाता है और आतंकवादी डर के जमीन पर गिर जाता है।

आतंकवादी काफी डर जाता है और कहता हैं,

'मै सब बता दूँग। मुझे मत मारना। मैं मरना नहीं चाहता।'

पीछे से आफिसर आ जाते हैं और कहते है अब मैं सभालता हूँ। तुम आराम करो। रजत बन्दूक सैनिक को देकर राहुल के पास जाता है जो आग के पास बैठा हुआ था और ये सब देख रहा था।

'तुझे कैसे पता था कि वह सबकुछ बता देगा?' राहुल ने पूछा

'नही पता था।' रजत ने कहा

'फिर कैसे?' राहुल ने कहा।

'सरफरोश नहीं देखा क्या?' रजत ने पूछा।

'क्या?' राहुल ने आश्चर्य से पूछा।

'कुछ नहीं बस यू ही किस्मत आजमा रहा था। तेरे जख्म कैसे है?' रजत ने कहा

'अपना सिर देख खुन निकल रहा है और मुझसे पुछ रहा है कि मेरे जख्म कैसे है। अबे सैनिक हूँ, सैनिक वह भी भारतीय सेना का जो अपनी धरती को माँ समझते है। ये छोटे मोटे जख्म माँ की सेवा करने से नहीं रोक सकते। राहुल ने गर्व के साथ जवाब दिया।

'बस-बस तू आराम कर ले। पहले भी गरम जोशी से बात की थी ट्रेनिंग के समय तूने ऐसे ही साला लगा था बहुत सिरियस है तू तो। मैने जिसके लिये सेना में आया था उसको मना कर दिया और भाईसाहब शादी कर रहे है।' रजत ने ताना मारते हुए जवाब दिया।

और राहुल हँसने लगता है और साथ ही साथ दर्द का अहसास भी राहुल को हो रहा है।

सभी लोग कैम्प में आ जाते है अगली सुबह आफिसर रजत को अपने पास बुलाने के लिये सैनिक भेजते है। रजत भी कुछ देर में आफिसर के आफिस में जाता है।

'सर।' रजत ने कहा

'हाँ जवान अन्दर आ जाओ।' आफिसर ने बोला

'क्या हुकुम है सर?' रजत ने पूछा

'हमने कल रात बहुत बडी गलती कर दी।' आफिसर ने कहा

'जी जनाब?' रजत ने पूछा

'मेरी ही गलती थी जो तुम्हे कल हीरो बनने दिया।' आफिसर ने बोला

'बात क्या है सर?' रजत ने ना समझते हुए कहा

'वो जो आतंकवादी हमने कल पकडा था उसने कल रात में बताया कि उसको प्लान के बारे में कोई जानकारी नहीं है। यहाँ तक कि उनके ग्रुप में किसी को भी नहीं पता। बस एक को छोडकर।' आफिसर ने कहा

'किसे सर?' रजत स्थिति को भापते हुये बोला।

आफिसर गुस्से से कुर्सी में बैठे हुये नीचे से ऊपर रजत को देखते हुए बोले, 'उसे ही जिसे आपने हीरो बनकर गोली मार दी थी।'

'सर आपको भी पता है कि वह कुछ नहीं बताता हमे।' रजत ने जवाब दिया

'इसलिये तो कुछ नहीं बोल रहा हूँ तुम्हे। समझ नहीं आ रहा है क्या करा जाये। उनके और भी लोग पास के एक गाँव में है और कुछ लोग किसी शहर में है।' आफिसर ने सावालिया अंदाज में बोला।

'सर क्या मैं एक बार उस आतंकवादी से बात कर सकता हूँ?' रजत ने बोला।

'हमने साम दाम दंड भेद आजमा कर देख लिये रजत। उसे कुछ नहीं पता।' आफिसर ने कहा।

'सर बस एक बार। ये मेरी ही गलती है तो मैं ही इसे ठीक भी करूँगा।' रजत ने बोला

'चलो ठीक है। केवल 15 मिनिट है तुम्हारे पास फिर उसे दुसरी जगह लेकर जा रहे है।' आफिसर ने बोला

'धन्यवाद सर! आपको निराश होने का मौका नहीं दूँगा।' रजत ने कहा

रजत उस कमरे की तरफ बढता है कमरे के बाहर दो सैनिक निगरानी में लगे होते है और उस आतंकवादी को सलाखो से बाँध कर रखते है।

रजत सैनिको से बात करता है और वह आतंकवादी रजत को देख लेता है।

आतंकवादी की आँखो में खौफ नजर आता है क्योकि रजत ने बन्दूक चलाने से पहले एक बार भी नहीं सोचा

था और उसके सरगना को मार गिराया था। वह अपनी जगह पर ही छपटाने लगता है और छुटने की नाकाम कोशिश करता है।

'रजत यहाँ क्या कर रहे हो?' सैनिक ने पूछा

'सर ने मुझे इससे बात करने की इजाजत दी है।' रजत ने कहा

'पर इसे तो शिफ्ट करना है।' सैनिक ने बोला

'हाँ मुझे बस 15 मिनिट चाहिये।' रजत ने कहा

'भाई उसके पास कुछ है नहीं बताने के लिये।' सैनिक ने बताया

'चलो देखते है कुछ है या नही।' रजत ने बोला

'अरे! बता तो दिया जो बताना था। मेरे पास कुछ नहीं है बताने के लिये। इसको मत आने दो अन्दर।' आतंकवादी रजत को देख कर चिल्लाता हैं।

'क्या बात है भाई। ऐसा क्या किया तूने। तुझे देखते से ही इसकी फट क्यूँ गई?' सैनिक ने पूछा

'वो सब छोड मैं देखता हूँ।' रजत ने कहा

'बस 15 मिनिट रजत।' सैनिक ने कहा

रजत अन्दर जाता है और उसे देखते ही आतंकवादी तडपने लगता है और कहता है,

'मुझे और कुछ नहीं पता।' आतंकवादी ने कहा

रजत दरवाजे के पास पडी सलाख उठाता है और उसकी तरफ बढता है। आतंकवादी बहुत डर जाता है और अपनी चैन को हाथो से खिचता है और कभी चैन को तो कभी रजत को देखता है और बस एक ही बात कहता है, 'ये जल्लाद को यहाँ से लेकर जाओ। रजत उसके पास

पहुँचता है और वह आतंकवादी धीरे-धीरे पीछे जा जाकर दीवार से सट जाता है और पीछे जगह ही नहीं बचती।'

रजत उसके पास जाकर कान में बोलता है,

'सुन, मैं जितना पूँछुगा उतना ही जवाब देना। ना कम ना ज्यादा नहीं तो मैं ये डंडा तेरे पिछवाडे में डालने में थोडी भी देर नहीं करूँगा।' रजत ने कहा

आतंकवादी पूरा पसीना-पसीना हो जाता है।

'कौन-सा गांव?' रजत ने पूछा

'डलहामा।' आतंकवादी ने कहा

'अच्छा वहाँ कितने लोग है तुम्हारे?' रजत ने दूसरा सवाल किया

'नही पता।' आतंकवादी ने बोला

'किस शहर को निशाना बनाने की प्लानिग है?' रजत ने तीसरा सवाल किया

'वो भी नहीं पता।' आतंकवादी ने बोला

रजत घूर के देखता है, 'जल्दी बता मेरे पास टाईम नहीं है।' रजत ने बोला

'मुझे सच में नहीं पता पर शायद उस जगह में उन लोगों को पता होगा जिनसे हम मिलने वाले थे।' आतंकवादी ने डर कर जवाब दिया

'अगर तुम नहीं पहुँचे तो?' रजत ने कहा

'इस बारे में मुझे कुछ नहीं पता। बस इतना पता है कि हमारे नहीं होने से मिशन को कोई असर नहीं पहुँचेगा। मिशन को इस प्रकार बनाया है कि आखिरी बचा इंसान भी उसे सफलता की और लेकर जा सकता है।' आतंकवादी ने बोला

'तुम पहचान सकते हो उस गाँव के आतंकवादियो को?' रजत ने पूछा

'नही।' आतंकवादी ने कहा

'क्या मतलब नही? क्या वह तुम लोगों को पहचान सकते है?' रजत ने फिर पूछा

आतंकवादी थोडा रुकता है और नीचे मुँह कर लेता है।

रजत जोर से कहता है, 'जल्दी' और डंडा ऊपर करता है।

'नही।' आतंकवादी ने जवाब दिया

'तो फिर तुम मिलते कैसे?' रजत ने बोला

'वो जो हमारे सरगना है, उन्होने एक लाकेट पहन रखा था। उसका दूसरा हिस्सा उन लोगों के पास है। तो हमारे जाते ही वे लोग हमे मिलेगे। हम उनसे नहीं मिल सकते।' आतंकवादी ने कहा

'अगर तुम टाईम पर नहीं पहुँचे तो?' रजत ने पूछा

'तो वे लोग केवल कल सुबह तक ही इंतजार करेगे और हम लोग नहीं पहुँचे तो मरा हुआ समझ लिया जायेगा।' आतंकवादी ने कहा

रजत तुरंत वहाँ से निकलता है और बेस पर जाकर पूछता है,

'कल जो आतंकवादी मरे थे उनके पास से कोई लाकेट बरामद हुआ क्या?' रजत ने पूछा

'हा एक आतंकवादी के पास से एक लाकेट तो मिला ह। बडा अजीब-सा लाकेट है शायद ट्रूटा हुआ है।' सैनिक ने जवाब दिया

'ट्रूटा हुआ नहीं है अधूरा है वो।' रजत ने कहा

रजत जितने जल्दी हो सकता था, आफिसर के पास पहुँचता है।

'क्या मैं अन्दर आ सकता हूँ सर?' रजत ने कहा

'हाँ अन्दर आओ। तुम तो कुछ देर पहले उस आतंकवादी से पूछताछ करने गये थे ना। पहले वह काम कर लो रजत नहीं तो उसे लेकर चले जायेगे।' आफिसर ने कहा

'सर मैने उससे बात कर ली है। मुझे कुछ महत्त्वपूर्ण जानकारिया मिली है।' रजत ने कहा

'वो क्या है जवान?' आफिसर ने पूछा

'सर वे आंतकवादी जिस जगह में है, वह इन लोगों से कभी नहीं मिले है। ना ही कभी इनको देखा है और जो लाकेट हमे कल सरगना के पास से बरामद हुआ था वह लाकेट इन लोगों का पहचान पत्र है। वे लोग कल सुबह तक इन सभी का इन्तजार करेगे।' रजत ने कहा

'इतनी जानकारी कहाँ से मिली तुम्हे रजत?' आफिसर ने आश्चर्यचकित होते हुए पूछा

'उसी ने बताया और मैने उसे हाथ तक नहीं लगाया सर।' रजत ने कहा

'बहुत अच्छे जवान तुम एक अच्छे सिपाही हो। चलो अपने काम पर जाओ मुझे इस बारे में कुछ करना होगा।' आफिसर ने कहा

'सर हम 6 सैनिको को आतंकवादी बना कर भेज़ते है ताकि इस मामले को जड तक खत्म कर सके।' रजत ने कहा

'हा मैं भी यही सोच रहा था। और तुम भी जा रहे हो उसी टीम मे। तुम 1 घण्टे में मीटिंग हाल में मिलो।' आफिसर ने कहा

आफिसर 1 घण्टे बाद मीटिंग हाल में और भी 5 सैनिको को बुलाते है जिनकी भी दाडी मुँछ थी। सभी मिटिंग में होते है।

'जैसा कि आप लोग जानते है कि कल रात में हमने एक आतंकवादी को पकडा है। उससे जो बाते पता चली है वह बहुत चिन्ताजनक है पर मुझे पक्का यकीन है कि आप लोगों के होते हुये मुझे डरने की कोई जरूरत नहीं है।' आफिसर ने सभी लोगों की और देखते हुए कहा

'सर! बस हुकुम दीजिये करना क्या है?' एक सैनिक ने कहा

आफिसर एक टेबल पर रखे मैप के पास जाता है और सभी 6 लोगों को जिनमे रजत भी शामिल है को बुलाते है। आफिसर (मैप के तरफ इशारा करते हुये) -'देखो ये है वह जगह। वे लोग नहीं जानते कि कल कोई आतंकवादी पकडा गया है या कोई जख्मी हुआ है तो मैं चाहता हूँ कि आप सभी वह आतंकवादी बनकर उस जगह में जाईये, वहाँ लाकेट देख कर वे लोग आप लोगों को बुला लेगे और आप लोगों को उनके नापाक इरादे जाने बिना किसी भी आतंकवादी को नहीं मारना है। मेरा मतलब है कोशिश ये करना।'

'जी सर! आपको शिकायत का मौका नहीं मिलेगा।' सभी एक साथ बोलते हैं।

'आप लोगों के पास एक घण्टा है, बस फिर आपको हैलिकाप्टर से बीस किलोमीटर दूर उतार देगे। वहाँ से

आपको पैदल जाना होगा। जाईये अपने-अपने काम खत्म कर लीजिये। ठीक एक घण्टे बाद आप लोगों को हैलीपैड के पास मिलना है।' आफिसर ने कहा

'सभी लोगों जाने लगते है।' आफिसर रजत को आवाज लगाते है।

'जी जनाब?' रजत ने कहा

'देखो रजत ये बहुत ही बडा काम है। तुम कर पाओगे ना?' आफिसर ने कहा

'सर इसका इन्तजार तो मैं कब से कर रहा था कि कुछ बडा काम करना है सेना में आकर।' रजत ने कहा

'याद रखना पुख्ता सबुत हो जाने के बाद किसी को भी मत छोडना सब को मार देना।' आफिसर ने कहा

'जी सर याद रखूँगा।' रजत ने कहा

'जाओ भारत माता के ऊपर बुरी नजर रखने वालो को बता दो कि भारतीय सेना क्या चीज है और वक्त आने पर क्या कर सकती है।' आफिसर ने कहा

रजत उस कमरे से बाहर निकल जाता है और सीधे मेडिकल वाली जगह में जाता है। वहाँ पर राहुल को भर्ती किया जा रहा था। राहुल के बाये हाथ की हड्डी में चोट आती है इसलिये उससे पट्टी बन्धी होती है।

'अब कैसा है?' रजत ने कहा

'बस यार अच्छा हूँ। हल्की-सी खरोच में पट्टी बाँध कर यहा बैठा दिया।' राहुल ने कहा

'कोई बात नहीं राहुल कभी-कभी आराम भी करना चाहिये।' रजत ने कहा

'ऐसा आराम किसे पसंद है यार।' राहुल ने कहा

'अच्छा सुन मैं किसी काम से बाहर जा रहा हूँ जल्दी ही वापस आऊँगा।' रजत ने कहा

'कहाँ जा रहा है मुझे अकेला छोडकर?' राहुल ने पूछा

'कही नहीं यार! तू आराम कर। चल मैं जाता हूँ। मुझे थोडा काम है। आज तू अपना ख्याल रखना और अपनी गोलिया समय पर लेते रहना।' रजत ने कहा

'चल भाई जल्दी आना।' राहुल ने कहा

'बस तुझे पता भी नहीं चलेगा मैं कब जाकर वापस आ जाऊँगा।' रजत ने जवाब दिया।

∗ ∗ ∗

<u>राज</u>

हेलीकॉप्टर सभी का इंतजार कर रहा होता है। सभी 6 लोग उन आतंकवादियो की तरह कपडे और उनकी बन्दूके रख लेते है। आफिसर और कुछ सेना के लोग उन लोगों का इंतजार हैलिपैड पर कर रहे होते है। रजत और साथ में उसके 5 साथी एक साथ आफिसर के पास आते है।

'रजत ये लो वह लाकेट, ये अब तुम्हारा पहचान पत्र हैं।' आफिसर ने कहा

'जी सर।' रजत ने कहा

'आप सभी को काफी सँम्भाल कर काम करना होगा। क्यूँकि रजत शुरू से इस मिशन में है और बहुत अच्छे से इस मिशन को समझता है मैं इसे आप लोगों का लीडर बनाता हूँ। बस आप लोग एक बात का ध्यान रखना और वह है कि आप सब मुझे सही सलामत हालत में वापस बेस में मिलना चाहिए और किसी को भी मत छोडना। जो होगा देखा जायेगा।' आफिसर ने बोला

'जी साहब।' सभी एक साथ बोले और सभी हैलीकाप्टर में बैठ जाता है। हैलीकाप्टर हवा में उड कर कुछ ही देर में आँखो से ओझल हो जाता है पर उसकी आवाज अभी भी कानो में सुनी जा सकती थी।

हैलीकाप्टर के अन्दर,

'यारो, सालो को आराम से मारेगे। ज्यादा जल्दबाजी नहीं दिखानी है। उनको नहीं पता है हम आ रहे है तो वह तैयार नहीं होगे।' एक सिपाही ने कहा

'हाँ! बात तो सही है। साला दोस्त बनकर जितनी भी जानकारी हो सके निकाल लो और सही वक्त आने पर मार डालो।' दुसरे सिपाही ने कहा

'साला! जल्दी काम खत्म करेगे फिर आकर अपने बिस्तर में सोने को मिलेगा।' तीसरे सिपाही ने कहा

'कोई जल्दी काम नहीं करना है। जल्दी का काम शैतान का होता है।' रजत ने कहा

'रजत तुमसे ज्यादा दिन से हूँ सेना मे, अच्छे से जानता हूँ ऐसे मिशन को कैसे मुकाम तक पहुँचाया जाता है। तुम्हे सिखाने की जरूरत नहीं है।' चौथे सिपाही ने कहा

'आप है मेरे से ज्यादा समय से सेना में पर ये मिशन मेरा है और आपको वही करना है, जो मैं कहूँ। मैं नहीं चाहता कि किसी को कुछ नुकसान हो।' रजत ने कहा

'इसलिये साला नये लोगों को लीडर जैसा पद नहीं देना चाहिए। बडो की इज्जत करना भुल जाते है।' चौथे सिपाही ने कहा

'सर! अगर आपको मेरी कोई बात बुरी लगी तो मुझे माफ कीजिये पर मैं बस यही चाहता हूँ कि हम में से सभी लोग आज जिन्दा घर जाये। किसी के साथ कोई हादसा ना हो। मैं बस कह रहा था कि जल्दी का काम शैतान का होता है।' रजत ने कहा

'माफी की बात नहीं है रजत, बात ये है कि कोई भी बिना मतलब के अपनी जान नहीं देना चाहता। सभी को

अपनी जान की फिक्र होती ही है। हम सभी यही सोचते है कि किसी की जान को कोई नुकसान ना हो। चलो छोडो बात बस एक साथ मिलकर काम करना एक दुसरे की बातो पर ध्यान देना और देखना हम कैसे इस मिशन में कामयाब होते है।' चौथे सिपाही ने कहा

'सही कहा सर आपने। हमे बस एक दूसरे का ख्याल रखना है।' रजत ने कहा

थोडी ही देर में हैलीकाप्टर उन्हे 20 किमी दूर उतार देता है। सभी लोग वहाँ से पैदल गाँव की तरफ बढ जाते है। थोडी दूर विराने में चलने के बाद एक गाँव दिखाई देता है।

'रजत लगता है यही वह गाँव है?' एक सिपाही ने कहा

'हाँ मुझे भी यही लगता है। देखो सभी लोगों को ये बता दू कि गाँव वाले सभी आम जनता है और निर्दोष है। उन्हे कुछ नहीं होना चाहिये।' रजत ने कहा

'चिन्ता मत करो। गाँव वालो को दिमाग में रखकर ही कोई कदम उठाया जायेगा।' सभी एक साथ कहा

'सर ने कहा है कि सभी को आखिर में मारना है पर मैं चाहता हूँ कि आप लोग कोशिश ये करना कि सरगना को जिन्दा पकड सके। ताकि कुछ बाते उससे उगलवा सके। चिन्ता ना करे उससे बात करने के बाद उसे भी उसके साथियो के साथ यही छोड कर चले जायेगे। रजत ने कहा

सभी रजत की बाते सुनकर आगे बढने लगते है। जब गाँव थोडी दूर होता है तो चट्टानो के बीच में कुछ लोग

निकलकर सभी को घेर लेते है। वे सभी काले कपडे पहने होते है और सभी का मुँह ढँका होता है। उनमे से एक आतंकवादी बोलता है।

'आपके दस्तखत दिखाईये।' आतंकवादी ने कहा

रजत और सभी सिपाही एक दूसरे का चेहरा देखते है उन्हे समझ में नहीं आता कि दस्तखत दिखाईये का मतलब क्या है?

'देखिये मैं केवल दो और बार पूछुँगा और फिर आप सभी को गोली मार दी जायेगी। मैं फिर पूछता हूँ आपके दस्तखत?' आतंकवादी ने कहा

सभी आतंकवादी चौकन्ने होकर बन्दुके तान देते है। रजत अपने दिमाग का इस्तेमाल करता है और मन में सोचता है कि जो होगा देखा जायेगा और आतंकवादी के तीसरी बार पूँछने से पहले ही अपने गले से लाकेट निकालकर आतंकवादी के हाथो में रख देता है। माहौल दो मिनिट के लिये एकदम शांत हो जाता है। वह आतंकवादी अपने गले से लाकेट निकालकर दोनों का मिलाप करके देखता है और फिर कहता है।

'स्वागत है आपका भाईजान। हम आप पर शक नहीं करते पर आपने बहुत देर लगा दी जवाब देने में?' आतंकवादी ने कहा

'नही भाईजान, बात दरअसल ये है कि हमे ऊपर से हुकम मिला था कि दो बार से पहले मत बताना नहीं तो इज्जत कम हो जायेगी। मुझे नहीं पता कि ऐसा क्यो कहा पर मैने बस हुकम का पालन किया।' रजत ने बाते बनाते हुए कहा

'बन्दूके नीचे करो ये सब हमारे भाई है।' आतंकवादी कठोर शब्दो में सभी से कहता हैं।

सभी बन्दूके नीचे कर देते है। फिर आतंकवादी रजत की तरफ देखकर शांति के साथ कहता है।

'अच्छा अब समझा। ये सब आपको परवेज भाईजान ने सिखाया होगा।' आतंकवादी ने कहा

'भाईजान नाम तो पता नहीं पर उन्होने कहा है कि वहाँ जाकर किसी के नाम मत पूछना। बस अपने काम पर ध्यान देना।' रजत ने तुरंत जवाब दिया

'जी बहुत खूब तालिम मिली है आपको। चलिये गाँव चलिये। भाईजान वहां पर आकपा ही इंतज़ार कर रहे हैं।' आतंकवादी ने कहा

'भाईजान?' रजत ने पूछने के अंदाज में कहा

'हा भाई उनसे मिलने के लिये लोग तरसते है और आप कुछ ही देर में उनसे रूबरू होने वाले है।' आतंकवादी ने कहा

'जी हमारी खुशनसीबी।' रजत ने जवाब दिया

रजत अपने दोस्तो के तरफ देखकर अन्जानो वाला चहरा बनाता है। वह ये बताना चाहता है कि वह नहीं जानता कि ये किस भाईजान के बारे में बात कर रहे है। आतंकवादी उनको गाँव के पीछे से होते हुये एक सुंरग में लेकर जाते है।

'भाईजान मुझे लगा हम किसी गाँव में मिलने वाले थे?' रजत ने कहा

'ये भी गाँव ही जा रहे है हम। बस फर्क सिर्फ इतना है कि ये जमीन के नीचे है और वैसे भी ये हिन्दुस्तानी

कुत्तो की सेना के लोग भी बहुत चक्कर काटते है। नीचे ना तो सेटेलाईट का डर है ना ही हिन्दुस्तानी कुत्तो का।' आतंकवादी ने जवाब दिया

'ये योजना तो बहुत ही उमदा है भाईजान। अच्छा लगा जानकर कोई कौम के लिये सोच रहा है। इसलिये हमने भी बिना सोचे समझे अपने आपको कौम के लिये काम कर रहे आप जैसे महान लोगों के लिये समर्पित कर दिया।' रजत ने कहा

'अरे! ये रजत कुछ ज्यादा ही बोल रहा है मरवा देगा हमे ये।' एक सिपाही दुसरे से धीरे से बोला

'छि ह-ह ह हहहह... शांत रह मरवायेगा क्या?' दुसरा सिपाही ने डरते हुए कहा

'सभी लोग सुरंग के भीतर जाते है। वहाँ पर मशालो से रोशनी की गयी होती है और साथ में अन्दर जाने पर वहाँ पर अलग-अलग कमरे बने होते है। जमीन के नीचे ये सब देखकर रजत की आँखे खुली की खुली रह जाती है। फिर वहाँ से होते हुये सभी को एक बडे से हाँल में लेकर जाया जाता है जहाँ पर थोडे बहुत लोग इकट्ठा रहते है और सभी के बीच में लम्बी दाडी मुँछ वाला के बुजुर्ग बैठा होता है, जिसका जाना पहचाना-सा चेहरा होता है।

रजत उसके पास पहुँचकर,
'अस्लाम वालिकुम।' रजत ने कहा
'वालिकुम अस्लाम।' मुखिया ने जवाब दिया
'आपसे मिलकर जीवन धन्य हो गया मेरा।' रजत ने कहा

'हा हा-हा (हँसते हुये) क्या नाम है तुम्हारा?' मुखिया ने पूछा

'जी हमे नाम बताने और पूछने से मना किया गया है।' रजत ने जवाब दिया

'समझा, परन्तु तुम मुझे बता सकते हो।' मुखिया ने कहा

'माफ किजियेगा। जो फरमान हम वतन से लेकर आये है वह ही मानेगे।' रजत ने तुरंत कहा

'जबान संभालकर। जानते भी हो किससे बात कर रहे हो?' रजत के पीछे खड़े एक आतंकवादी ने रजत से कहा

मुखिया अपने हाथ से आतंकवादी को कुछ ना बोलने का इशारा देता है फिर रजत की तरफ देखता है।

'अच्छा लगा ये जानकर कि तुम मुल्क के लिये वफादार हो।' मुखिया ने कहा

'जी शुक्रिया।' रजत ने कहा

'आप लोगों के खाने का इंतजाम हो गया है। जाईये और जाकर अपने रूम में खाने का आनंद लीजिये। इतने लम्बे सफर ने थका दिया होगा।' मुखिया ने कहा

'जी आपने हमारे लिये इतना सोचा वही हमारे लिये बहुत है।' रजत ने कहा

'मेरे बच्चे, जो कौम के बारे में सोचता है हम उसके बारे में सोचते है।' मुखिया ने कहा

'जी अल्हा हाफिज।' रजत ने कहा

'मै आप लोगों से कुछ वक्त बाद मिलता हूँ। फिर आपको बताउगा की जश्न कैसे मनाना है।' मुखिया ने कहा

सभी लोगों को एक कमरे में लेकर जाया जाता है। नीचे बने कमरे थोडे से गर्म थे पर लाईट की व्यवस्था काफी अच्छी थी। सभी एक साथ खाना खाते है फिर उनकी निगराने में लगे आतंकवादी में से एक बोलता है।

'आप लोग काफी लम्बा सफर करके आये है, आप लोग थक गये होगे। आराम कीजिये हम लोग आप से अब इजाजत चाहते है।' ऐसा कहकर वे निकल जाते है।

कोई कुछ कहता इससे पहले ही रजत माहौल को भाँपते हुये आगे बढकर खुद बोलता है।

'आप सभी अब आराम करिये सफर काफी लम्बा सफर हो गया है।' रजत ने कहा

सभी रजत की बातो को समझते है और एक साथ कहते है,

'जी भाईजान, आप भी आराम कर लीजिये।' सभी ने कहा

रजत और सभी सो जाते है और जब उठते है तो कुछ लोग उनके रूम पर बैठे हुये होते है।

'अरे! भाईजान आप लोग कब आये।' रजत ने पूछा

'अब कुछ देर हुई। आप लोग आराम फरमा रहे तो सोचा कि आप लोगों को परेशान नहीं करना चाहिये।' आतंकवादी ने जवाब दिया

'भाईजान आप बस हुकुम देते हम लोगों को।' रजत ने कहा

'आप लोग तैयार हो जाईये कुछ देर बाद आप लोगों से भाईजान मिलेगे।' आतंकवादी ने कहा

'जी अच्छा।' रजत ने कहा

'आप लोगों के लिये चाय पहुँचाता हूँ मै।' आतंकवादी ने कहा

'जी बहुत अच्छा रहेगा ये तो।' रजत ने कहा

आतंकवादी वहाँ से चला जाता है और थोडी देर में वे लोग तैयार होकर सरगना से मिलते है।

'जी भाईजान आप कुछ बात करना चाहते थे।' रजत ने कहा

'आप लोगों को मिशन के बारे में जानकारी तो होगी ही।' आतंकवादी ने कहा

'जी नहीं। हमे बोला गया कि हिन्दुस्तान में आकर कोई हमे मिशन के बारे में जानकारी देगा।' रजत ने कहा

'ऐसा कैसे हो सकता है?' आतंकवादी ने कहा

रजत को बातो को बिगडते हुये देखता है और कहता है,

'जनाब बात दरअसल ये है कि वहाँ बैठे भाईजान नहीं चाहते थे कि इस बार कोई भी जानकारी भारतीय सैनिको को पता चले और अगर हम पकडे जाते तो हो मिशन को खतरा हो सकता था तो आलाकमान ने ये फैसला लिया कि हमे अब आप लोग ही जानकारी देगे ताकि अगर पकडे भी जाते तो मिशन को कोई खतरा नहीं होता।' रजत ने कहा

'अच्छा आप के सभी साथियो को आरामगाह भेज दिजिये हम आपको मिशन की जानकारी देते है।' आतंकवादी ने कहा

'जी जनाब! आप सभी जा सकते हो।' रजत ने कहा

सेना में से एक सिपाही जानकारी के लिये पुछता है,

'भाईजान एक सवाल पूछ सकता हूँ क्या?' सिपाही ने कहा

'बतमीज सिखाया गया था ना कोई सवाल नहीं अब आप लोग जा सकते हो।' रजत ने कहा

'नही नहीं पूछने दो बालक को। आप पूछो।' आतंकवादी ने कहा

'भाईजान ये सुरंग तो बहुत बडी है। यहाँ कितने लोग शरण ले सकते है?' सिपाही ने कहा

'कम से कम 40 आदमी।' आतंकवादी ने गर्व जवाब दिया

'वाह! ये तो बहुत ही बढिया है' सिपाही ने सफाई के साथ कहा।

और अपने एक साथी के तरफ देखते हुये कहता है।

'देखो भाईजान मैं ना कहता था कि हमारे साथ बहुत लोग है। आप ने खुद सुन लिया कि 40 लोग है अभी तो आपको डरने की जरूरत नहीं है।' सिपाही ने कहा

'आप कुछ ज्यादा ही बात कर रहे हो भाईजान। आप जा सकते है।' रजत ने कहा

'डर किस बात का। अभी आपके साथ पूरे 15 लोग है। आप को डरने की जरूरत नहीं है।' आतंकवादी ने कहा

आतंकवादियो का आकडा जान लेने के बाद वे वहाँ मौजूद लोगों को गिन लेता है। वहाँ सरगना को मिलाकर पूरे 5 आतंकवादी होते है।

'अच्छा अब हमे चलते है।' आतंकवादी ने कहा

सभी वहाँ से चले जाते है।

'आप बता रहे थे कुछ मिशन के बारे मे।' रजत ने कहा

'हाँ सुनो। हमे आतंक मचाना है मुम्बई शहर मे। पूरा प्लान तैयार है बस तुम लोगों को वहाँ जाकर रसुक से मिलना है।' आतंकवादी ने कहा

'भाईजान रूकिये।' दुसरे आतंकवादी ने कहा

'क्यो?' आतंकवादी ने पूछा

कुछ ठीक नहीं लग रहा। पहले तो ये देरी से आये हैं, फिर ये कहते है कि नाम बताना मना है। आपको भी बताने से इन्कार कर दिया फिर बोलते है कि प्लान के बारे में कुछ बताया नहीं गया जबकि आलाकमान ने कहा था कि इन लोगों को सब बताकर भेजा जायेगा?' दुसरा आतंकवादी ने कहा

'बेवजह शक ना करा कर।' आतंकवादी ने कहा

'भाईजान में खुद जाकर एक बार आलाकमान से बात करता हूँ कि क्या इनको प्लान के बारे में पता नहीं है। बस 20 मिनिट में सम्पर्क करके आता हूँ।' दुसरा आतंकवादी ने कहा

'जी आपको जैसा ठीक लगे भाईजान। हम इन्तजार करेगे।' रजत ने कहा

वो आतंकवादी जाकर फोन के जरिये जानकारी हासिल करता है।

'क्या? आप सच बोल रहे है। कुछ नहीं बस एक बार आपसे पता लगाना था।' आतंकवादी ने कहा

आतंकवादी फोन रखता है और बन्दुक लेकर भागता है वह तेजी से कमरे की तरफ जाता है जहाँ पर सरगना के साथ रजत बैठा होता है। वह दरवाजा खोलता है।

'भाईजान ये लोग.........' आतंकवादी ने कहा

आतंकवादी देखता है कि सभी लोग मरे पडे है और रजत की बन्दुक सरगना के सिर पर है और रजत के साथी भी रजत के साथ खडे है। रजत आतंकवादी की तरफ देखता है।

'आओ आप को आने में थोडी-सी देरी हो गई।' रजत ने कहा

सभी लोगों की बन्दूके उस बाहर खडे आतंकवादी पर होती है जिसके हाथो में एके 47 बन्दूक होती है।

'बन्दूक फेक दो और यहाँ आ जाओ। बच जाओगे नहीं तो पता नहीं कितनी गोलिया कहा लगेगी।' रजत ने कहा

आतंकवादी बन्दुक छोड देता है।

'हाँ तो प्लान बता क्या है?' रजत ने कहा

'नही, किसी भी कीमत में नहीं। मैं वतन के लिये जान दे सकता हूँ।' सरगना ने कहा

'सुन बे बता दे वरना मारा जायेगा।' रजत ने कहा

'मै मौत से नहीं डरता। कर ले जो करना है।' सरगना ने कहा

रजत अपनी बन्दूक दूसरे आतंकवादी की तरफ करता है और कहता है।

'तुझे कुछ पता है।' रजत ने पूछा

आतंकवादी, 'नही।'

अचानक गोली चलने की आवाज आती है और दूसरा आतंकवादी जमीन पर होता है। रजत सरगना के तरफ बन्दूक करता है।

'तुझे कुछ कहना है?' रजत ने कहा

दुसरा सिपाही रजत को कहता है।

'तूने पहले भी सरगना को ऐसे ही मार दिया था अब मत मारना यार।' सिपाही ने कहा

'जब इसे कुछ बताना ही नहीं है तो इसे बचाकर भी क्या फायदा?' रजत ने कहा

'नही रजत मत मारना।' सिपाही ने कहा

'मार दे। लग नहीं रहा की कुछ बतायेगा।' दूसरा सिपाही ने कहा

'सालो उसने क्या किया था। उसको क्यो मार दिया। दे तो दिया था बन्दूक तुमको।' आतंकवादी ने कहा

'साले बन्दूक दे दोगे तो पुराने गुनाह माफ हो जायेगे।' रजत ने कहा

'इमान भी कोई चीज होती है लेकिन।' आतंकवादी ने रजत से कहा

'हा हा-हा यहाँ कोई खेल नहीं चल रहा है कि बडी-बडी बाते हो। अगर तुम्हारे हाथो में बन्दूक होती तो तुम इतनी बात भी नहीं करते। मजाक समझ रखा है। भारत के बारे में तुम लोग सोचते हो, कुछ भी करोगे और भारत कुछ नहीं करेगा। सालो जिस दिन दिमाग के ऊपर पारा हुआ ना तो तुममे से एक-एक को निकाल-निकाल कर मारेगे। ना खुद जीते हो शांन्ति से ना दुसरो को जीने देते हो।' रजत ने कहा

'गलत है ये।' आतंकवादी ने कहा

'गलत सही की बात छोडो। भाईजान देश का सवाल हो तो भारतीय सेना का हर सैनिक वही करता है जो भारत माता के हित में हो। अब आप बात को कम करिये और

कहिये कि आप बता रहे हो कि मैं आपको आपके इन भाई लोगों के पास भेजू।' रजत ने गुस्सा होते हुए कहा

'मै बता दूंगा तो तुम मुझे भी मार दोगे।' आतंकवादी ने कहा

'नही मारूँगा। आपको जिन्दा ही ले जाना है, ये ऊपर से हुकुम है नहीं तो जितनी जानकारी आप दे चुके है, उतनी काफी है मेरे लिये।'

'अगर वादा करते हो कि तुम मुझे मारोगे नहीं तो ही मैं जानकारी दूँगा।' आतंकवादी ने कहा

'हाँ वादा करता हूँ।' रजत ने कहा

आतंकवादी उसको प्लान बता देता है।

धन्यवाद रजत ने जवाब दिया।

रजत एक सैनिक को बुलाता है।

'मार दे इसको। इसका काम हो गया।' रजत ने सैनिक के तरफ देखते हुए कहा।

'पर तुमने बोला था कि तुम मुझे मारोगे नही।' आतंकवादी ने कहा।

'हाँ मैने कहा था कि मैं तुझे नहीं मारूँगा और मैं मार भी नहीं रहा पर मैने ये वादा नहीं किया था कि कोई और नहीं मार सकता।' रजत ने जवाब दिया

'बातो में फँसा रहा था मुझे?' आतंकवादी सरगना ने रजत को गुस्से में कहा

वे लोग दरवाजे से बाहर से बाहर निकलते है और पीछे सरगना मरा पडा होता है।

* * *

शिकार

सभी लोग बेस पर वापस आ जाते है और आते ही आफिसर रजत को बुलाते है। रजत आफिसर के पास जाता है।

'सब कुछ कैसा रहा रजत?' आफिसर रजत से पुछता है।

'सर! ऐसी कोई परेशानी नहीं आई। आखिरी में उनको शक हो गया था, पर जब तक वह कुछ कर पाते बहुत देर हो चुकी थी।' रजत ने जवाब दिया।

'कुछ बोला उन लोगों ने उनके नापाक इरादो के बारे मे?' आफिसर ने उत्सुकतापूर्वक पूछा

'हाँ सर उन लोगों का पूरा प्लान पता चल चुका है।' रजत ने जवाब दिया और आगे अपनी बात जारी रखी।

'बहुत दिनो से कुछ कर नहीं पाये इसलिये वह लोग मुम्बई में कुछ बडा करने की सोच रहे है।' रजत ने फिर आफिसर को उनके नापाक इरादो के बारे में सबकुछ बता दिया।

'क्या करे इन लोगों का रजत? इस बार मुम्बई में कुछ ऐसा होना नहीं चाहिए। आम जनता का कोई कसुर भी नहीं होता है फिर भी हमेशा उन्ही को सजा मिलती है।' आफिसर ने चिन्ता जताते हुये कहा।

'सर बस रसुक मिल जाये तो समझो अपना काम हो गया।' रजत ने कहा।

'रजत तुम आज से छुट्टी पर जा रहे हो अपने घर।' आफिसर ने कहा।

'पर सर ऐसे समय में आप मुझे छुट्टी कैसे दे सकते हो?' रजत ने आश्चर्यचकित होकर पूछा।

'तुम बस दुनिया के लिये छुट्टी पर हो। पर वहाँ जाकर तुम्हे रसुक और उसके साथियो को ठिकाने लगाना है।' आफिसर ने कहा।

'समझ गया सर! आप फिक्र ना किजिये। मैं आपको यकीन दिलाता हूँ कि कोई भी मासूम की जान नहीं जायेगी मुम्बई मे।' रजत ने आत्मविश्वास के साथ कहा।

'बात ये है कि ये जानकारी बहुत कम लोगों को पता है और ये मिशन हमने केवल और केवल राष्ट्रीय जांच एजेंसी के साथ ही बाँटी है।' आफिसर ने कहा।

'सर! दिल्ली में बैठे लोगों के बारे में क्या? उनको नहीं पता हम क्या कर रहे है?' रजत ने उत्सुकतापूर्वक पूछा।

'नही रजत। पहले भी बहुत-सी जानकारी हमारे दुश्मनो तक पहुँची है जब भी हमने बात दिल्ली तक पहुँचाई है। ऐसे बहुत से मिशन है, जिनकी जानकारी बहुत कम लोगों को होती है और रातो रात उनको ठिकाने लगा दिया जाता है। केवल प्रधानमंत्री के ऑफिस में सब कुछ पता हैं।' आफिसर ने कहा

'पर सर इससे दिक्कत नहीं होती क्या?' रजत ने कहा।

'नही रजत, कैसी दिक्क्त। भारतीय सेना का हर के सिपाही आफिसर देश से बेइन्तहा मोहब्बत करता है और

कागज पर लिखा हो या ना हो ये बात तो सबको पता ही होती है कि बहुत से नेता बस पैसे के लिए है। बहुत से नेता अच्छे भी है जो देश के बारे में सोचते है।' आफिसर ने कहा

'तो सर आप उनसे बात कर सकते है।' रजत ने कहा

'क्यो रजत हम ऐसा क्यूँ करे। भारत की सीमा पर लोगों को आजादी की कीमत का पता है पर अन्दर वालो को 15 अगस्त और 26 जनवरी को ही ये याद आता है कि हम आजाद है। पर भारतीय सेना का हर के जवान ये खुशिया हर रोज मनाता है।' आफिसर ने गर्व से कहा

आफिसर ने बातो को आगे बढ़ाते हुये कहा।

'जब काम हम तुम कर सकते है तो क्यो पूरी दुनिया को बताना। रजत भारतीय सेना की सबसे अच्छी बात क्या है पता है? और ऐसा क्या है जो बाकि लोगों से हमे अलग करता है?' आफिसर ने रजत से पूछा।

'नही पता सर।' रजत बोला

'वो है कि हमे मिडिया में आने का कोई शौक नहीं है। कभी भारतीय सेना के किसी जवान को देखा ये मैने किया या फिर मिडिया बुलाकर बताना कि आज मैने ऐसे आतंकवादी को मारा।' आफिसर ने गर्व के साथ कहा।

'पर अगर हम ये जानकारी किसी नेता को देते है तो देर नहीं लगती सुर्खियो में आने में। पहले ऐसा भी बहुत बार हो चुका है।' आफिसर ने कहा

'सर बहुत गहराई से आपने बात समझा दी। अब तो भारतीय सेना के लिये प्यार और भी गहरा हो गया है।' रजत ने कहा।

'अच्छा लगा सुनकर रजत' आफिसर ने कहा।

'रजत सुनो अब तुम्हे मुम्बई में राष्ट्रीय जांच एजेंसी का ऐजेड मिल जायेगा' आफिसर ने कहा।

'सर! मैं आपको निराश नहीं होने दूँगा' रजत ने कहा।

'चलो अब जाओ। तयारी करो घर जाने की' आफिसर ने कहा।

'जी सर' रजत बोलकर वहाँ से चला जाता है और सीधे राहुल के पास पहुँचता है।

'राहुल कैसा है अब तू?' रजत ने राहुल से पूछा।

'अबे! अब याद आ रही तूझे मेरी?' राहुल गुस्सा होते हुये बोला।

'नही यार! सर ने बाहर भेज दिया था कुछ काम से।' रजत ने जवाब दिया।

'कोई और भी तो जा सकता था।' राहुल ने पूछा।

'मै कैसे आफिसर की बात काँट सकता हूँ यार।' रजत ने जवाब दिया।

'ठीक है। अब तो है ना मेरे साथ। दो दिनो से अकेला था।' राहुल बोला।

'नही यार! मैं शाम को मुम्बई के लिये निकल रहा हूँ।' रजत ने जवाब दिया।

'क्या? मुझे ऐसी हालत में छोडकर कैसे जा सकता है तू?' राहुल बोला।

'भाई! तेरी भाभी को मनाना है ना और अभी की छुट्टी मिली है।' रजत बोला।

'तो इतनी जल्दी क्या है? कही भाग थोडी रही है वो।' राहुल बोला।

'चुप साले आराम कर, तेरे कारण एक तो एक मैने उसको छोड दिया और अब तू मुझे जाने भी नहीं दे रहा है उसे मनाने के लिये।' रजत बोला।

'अबे लेकिन मेरी हालत भी तो देख।' राहुल बोला।

'तेरी हालत का जिम्मेदार सिर्फ तू है। किसने बोला था हीरो बनने के लिये वहाँ पर। अब सजा तो मिलेगी ही ना।' रजत बोला।

'हाँ यार, चल कोई नहीं मैं तेरा इन्तजार करूँगा।' राहुल बोला

'नौटकी। आ जाऊंगा जल्दी ही फिर तेरी शादी में भी तो चलना है।' रजत बोला।

'हाँ मेरी शादी भी तो है।' हंसते हुये राहुल बोला।

'माँ को बताया तेरी चोट के बारे मे?' रजत ने पूछा।

'पागल हो गया है क्या?' राहुल बोला।

'हाँ तो' रजत ने पूछा।

'माँ को पता चलेगा तो पीटाई होगी मेरी।' राहुल बोला।

'जबरदस्ती का हीरो बनोगे तो पीटाई तो होनी भी चाहिए' रजत बोला।

'रूक अभी माँ को बताता हूँ' कहकर रजत ने फोन निकाला।

'रजत ऐसा मत कर भाई नहीं तो सचमुच पीटाई ना हो जाये मेरी' राहुल डरते हुये बोला।

'नमस्ते आन्टी कैसे हो आप?' रजत आंटी से फोन पर बात करने लगा।

थोडी देर बाद ......

'हाँ आन्टी बिस्तर पर लेटा हुआ है। मेरी पोस्टिंग पर आप आ रही है हाँ जल्दी आ जाईये।' रजत ने कहा।

'अच्छा आपको बात करना है ये लिजिये बात कीजिये और रजत राहुल की तरफ फोन बढ़ाता है।' राहुल ना के लिये सिर हिलाता और अपनी गर्दन पर अपना हाथ घुमाते हुये ये संकेत देता है कि वह तो गया काम से फिर रजत जबरदस्ती हाथो में फोन पकडा देता है।

'हाँ माँ! नहीं माँ थोडी-सी चोट है।'

'नही माँ माफ कर दे।'

'नही करूँगा।'

'हाँ दवाई खा लिया' राहुल डर-डर के बात कर रहा था।

रजत ने राहुल के तरफ देखा राहुल माँ से बात करने में मगन था रजत मुस्कुराते हुये बाहर चला गया।

रजत मुम्बई निकलने का इंतजाम करता है और अपने कपडे तैयार करने लगता है। बहुत दिनो बाद रजत घर जा रहा था। अब वह भी पायल से मिल सकता था पर अभी भी रजत के मन में पता नहीं क्या शंका थी की वह पायल से मिलने में घबरा रहा था। फिर रजत सोचता है, 'नहीं अभी मेरा मकसद केवल उन आतंकवादियो को ठिकाने लगाने का है और कुछ नही। अगर मैं पायल से मिलता हूँ तो फिर मेरा ध्यान भटक सकता है मुझे अपने मिशन पर पूरी तरह से ध्यान देना होगा।'

रजत ये सब सोच ही रहा था इतने में वहाँ एक सिपाही आ जाता है।

'रजत ये लो सर ने कुछ सामान भेजा है। इसको भी साथ लेकर जाओ।' सिपाही बोला।

'क्या भेजा है सर ने?' रजत ने उत्सुकतापूर्वक कहा।

'सर ने इसमे कुछ आई-डी भेजा है जो तुम्हारे काम आयेगी और एक सेटेलाईट फोन और एक बन्दूक भेजा है।' सिपाही बोला

'अच्छा दो मुझे। मैं अपने बैग में रख लेता हूँ। रजत बोलकर वह छोटा-सा बैग जो सिपाही साथ में लाया था को बैग में रख लेता है।'

'रजत जैसे ही तुम तैयार हो जाओगे सर के पास चले जाना। वह तुम्हारा इंतजार कर रहे है।'

'ठीक है। मैं 5 मिनिट में जाता हूँ।' रजत बोला और सिपाही चला जाता है।

'सर आपने याद किया?' रजत सर के कमरे में जाते हुये बोला।

'हाँ रजत आओ तुम्हारा ही इंतजार कर रहा था। चलो तुम्हे कुछ दिखाना है।' आफिसर बोले

'जी सर' कहते हुये रजत आफिसर के पीछे चला गया।

रजत की जहाँ तैनाती थी वहाँ पर एक कमरा था। उस कमरे में रजत आफिसर के साथ गया। वह कमरा पूरा खाली था और धूल मिट्टी लगी हुई थी।

'सर ये कमरा तो कई दिनो से खोला नहीं गया है लगता है।' रजत ने सवाल किया।

'नही रजत ऐसा नहीं है। तुम बस देखते जाओ।' आफिसर बोले और कालिन को हटाया तो उसके नीचे एक दरवाजा था जिसे खोला तो नीचे सिढिया बनी हुई थी। आफिसर उन सिढियो से नीचे जाने लगे और रजत भी उनके पीछे चलने लगा।

रजत को इस बात का अंदाजा भी नहीं था कि वहाँ नीचे ऐसा कुछ हो सकता है। रजत जब नीचे जाता है तो देखता है कम से कम 20-25 सिपाही नीचे बैठे है और कम्प्यूटर रखे हुये है बहुत सारे। एक बडी स्क्रीन भी लगी हुई है। अच्छी लाईट और एकदम साफ सुथरा रूम सफेद रोशनी में जगमगाता हुआ जैसा रजत ने पहले फिल्मो में देखा था।

'रजत, ये है हमारे काबिल आफिसर जो सीमा के उस पार से लेकर इस पार तक हर छोटी बडी गतिविधियो पर नजरे रखते है। ये भी तुम लोगों में से ही कुछ सैनिक है पर इस बात का इल्म बहुत ही कम लोगों को है कि ये हमारी भारतीय सेना की रीढ की हड्डी का काम करते है। ये हमेशा कोशिश करते है कि भारतीय जवानो कि हर तरह कोशिश कर सके।' आफिसर बोले

रजत तो बस इधर उधर देख ही रहा था और सभी रजत की तरफ देख रहे थे।

'क्या हुआ रजत?' आफिसर ने पूछा

'सर मुझे लगा ऐसा केवल फिल्मो में ही होता है। आज हकीकत में भी देख लिया।' रजत बोला

'रजत फिल्मे हमेशा असल जिन्दगी से प्रेरित होती है।' आफिसर ने कहा

'सर ये बात तो है मुझे लगा कि बस अमेरिका में ही खुफिया चीजे होती है।' रजत ने कहा

'ऐसा क्यो लगा तुम्हे?' आफिसर ने पूछा

'सर वहाँ कि फिल्मो में ही ऐसा दिखाते है ना इसलिये' रजत बडी मासुमियत के साथ बोला

रजत के ऐसा बोलते ही सभी जोर-जोर से हँसने लगे।

'अच्छा रजत ये है हम लोगों की टीम, और टीम ये है रजत। मिशन मुम्बई में हमारी तरफ से जा रहा हैं।' आफिसर ने परिचय दिया।

'रजत याद है तुम्हे जब तुम उन आतंकवादियो से घिरे थे और सेना पहुँच गई थी। पता है बहुत से हम लोग थे उस समय वहाँ।' एक सिपाही बोला

'अच्छा आप लोग समय पर नहीं आते तो मेरा तो काम तमाम हो गया था।' रजत बोला

'ऐसा कैसे हो सकता है रजत। हमारे लिये हर सैनिक बहुमुल्य है।' आफिसर बोले

'रजत तुम्हे हमने सही जगह पर ढुँढ निकाला था। सोचो बिना किसी सम्पर्क में हम वहाँ थे। अब कोई फिल्म तो है नहीं कि कुछ भी हो जाये।' एक सिपाही बोला

'हाँ मैं उस दिन यही सोच रहा था आप लोग पहुँचे कैसे। फिर सोचा आवाज के सहारे आप लोगों आ गये होगे।' रजत बोला

'नही रजत हम लोगों ने आधुनिक हथियार का सहारा लिया था। याद है तुमने हमे बताया था कि तुम हो कहा। सिपाही रजत को समझाते हुए बोला

'हाँ लेकिन उससे कैसे?' रजत ने उत्सुकतापूर्वक पूछा

'रजत वह जगह हमने सेटेलाईट से टारगेट कर ली थी और जो भी गरम खुन के प्राणी होते है वह लाल रग में दिखाई देते है। तो तुम और तुम्हारा साथी और वह आतंकवादी हमे दिखाई दे रहे थे। बस फिर क्या था उसी

के सहारे हम तुम लोगों तक बडी आसानी से पहुँच गये।' सिपाही ने समझाया

'सर कितना अच्छा है ना जहाँ तकनीक का दुरूपयोग करके गलत काम किये जा रहा है, वहाँ आप तकनीक का सही इस्तेमाल करके बहुत कुछ कर सकते है।' रजत बोला

'हाँ रजत ये तो चलाने वाले के ऊपर है।' आफिसर बोले, 'ये लोग तुम्हारे मिशन पर पूरी नजरे रखेगे रजत और जो सेटेलाईट फोने है उसके जरिये तुम इन लोगों से सम्पर्क में रह सकते हो।'

'जी सर इससे हमारा मिशन बहुत आसान हो जायेगा।' रजत आत्मविश्वास के साथ बोला।

'रजत तुम्हे प्लेन से मुम्बई जाना है।' आफिसर बोले।

'सर परन्तु मैं कैसे हवाईजहाज में सफर कर सकता हूँ? मेरे पास बन्दूक है?' रजत ने पूछा।

'रजत तुम इण्डियन आर्मी के हवाईजहाज से जा रहे हो।' आफिसर ने कहा।

'जी सर।' रजत बोला।

'देखो रजत बस जल्दबाजी में कोई फैसला मत लेना' आफिसर समझाते हुये बोले।

'जी सर मैं बहुत सोच समझकर फैसले लूँगा।' रजत बोला।

'चलो निकलो अब तुम्हारा समय हो गया है।' आफिसर ने आगे कहा। रजत थोडी देर में वहाँ से निकल गया और हवाई जहाज में बैठ कर मुम्बई के लिये रवाना हो गया।

* * *

घर वापसी

रजत मुंबई पहुँचता हैं। उसने घर में नहीं बताया था कि वह मुंबई आ रहा है। एयरपोर्ट से जैसे ही रजत बाहर आता हैं वहाँ रजत के नाम का होर्डिंग लिए एक बंदा खड़ा होता हैं। रजत उसके पास जाता हैं।

'हैलो मेरा नाम रजत हैं।' रजत उस बंदे की तरफ देखकर कहता हैं।

'हैलो रजत मुझे तुम्हें लेने के लिए भेजा हैं।' अजनबी जवाब देता हैं।

वो रजत को लेकर पार्किंग में जाता हैं और दोनों कार में बैठकर निकल जाते हैं। रजत बाहर का नजारा देखता हैं। बहुत दिनों के बाद रजत मुंबई वापस आया था। कुछ देर के बाद कार एक बिल्डिंग के बाहर आकर रुकती हैं। अजनबी रजत को बिल्डिंग में एक फ्लैट में लेकर जाता हैं। फ्लैट में कुछ 4-5 लोग बैठे होते हैं।

एक अजनबी आकर रजत से हाथ मिलाता हैं और कहता हैं,

'रजत! अच्छा लगा मिलकर अब कुछ दिन हम लोगों को साथ में काम करना हैं।'

'सर! आप लोगों से मिलकर अच्छा लगा। आप लोगों के बारे में जानकारी दी गई थी मुझे आने से पहले।' रजत मुस्कुराते हुए बोला।

'रजत हमे सब जानकारी मिल गई थी और हम लोग इस प्रोजेक्ट में लगे हुए थे। हमे रसुक का पता चल गया हैं। बस अब ये पता लगाना है कि कितने लोग रसुक के साथ हैं।' एक रॉ ऑफिसर रजत से बोला।

'हमे ये भी पता चला हैं कि रसुक अब कुछ नहीं कर सकता लेकिन करवा जरूर सकता है।' आफिसर ने आगे कहा।

'क्या मतलब?' रजत ने पूछा।

'रजत रसुक के पास जो लोग आने वाले थे वह लोग तो आ नहीं सके। रसुक को असला बारूद पहले ही मिल चुका था तो वह ये काम किसी और से भी करवा सकता हैं।'

'सर! बचेगा तो करवाएगा ना?' रजत ने जवाब दिया।

'हाँ रजत सुना हैं तुम्हारे बारे में। पर हम भी एक गोली डाल सकते थे रसुक के सिर में। बस जानना चाहते है और कौन-कौन है रसुक के साथ जुड़ा हुआ है।'

'समझ गया सर।' रजत ने कहा।

'अच्छा रजत अब तुम घर जाओ। हम लोग रसुक का पता लगाते हैं। जेसे ही पता चलेगा सबको ऊपर पहुँचा देंगे।' आफिसर ने रजत से कहा।

रजत वहाँ से टेक्सी लेकर घर निकलता हैं। अब रजत बस पायल के बारे में सोच रहा था। रजत को समझ में नहीं आ रहा था कि वह पायल के पास कैसे जाएगा और

क्या बोलेगा। टेक्सी रजत के घर के सामने जाकर रुकती है। रात के 10 बज चुके होते हैं।

रजत टेक्सी से उतरता हैं और सबसे पहले पायल के घर की तरफ देखता हैं। घर में पायल के कमरे की लाइट जल रही होती हैं।

रजत टैक्सी के पैसे देकर अपना सामान उठाकर अपने घर की तरफ बढ़ता हैं।

घर के सामने हल्की हल्की-सी रोशनी होती हैं। रजत घर की तरफ बढ़ता हैं। बहुत दिनों के बाद घर आने की खुशी रजत के चेहरे पर साफ दिखाई दे रही थी। रजत दरवाजे की घंटी बजाता हैं। थोड़ी देर में माँ आकार दरवाजा खोलती हैं। गाऊँन पहने हुए सोने की तैयारी कर रही माँ अपने बेटे को सामने देखकर बहुत खुश होती हैं। बेटे को देखते ही गले से लगा लेती हैं। माँ की आखों में आसु साफ दिखता हैं।

'रजत अचानक कैसे आना हुआ एक फोन भी नहीं किया।' दरवाजे पर ही अपने आंसु पोंछते हुए माँ पूछती हैं। रजत कुछ बोलता उससे पहले ही माँ पिताजी को आवाज लगाती हैं।

'सुनते हो सीरियल को छोड़ो देखो रजत आया हैं घर।'

माँ की बात सुनते ही पिताजी भी जल्दी से बाहर आते हैं।

'अरे! सभी बाते बाहर ही कर लोगी क्या अंदर तो आने दो बेटे को।' रजत के पिताजी बोले।

रजत बैग उठाने लगा और पिताजी आकर उसकी मदद करने लगे।

'अरे! रजत बेटा एक फोन तो कर देता।' रजत का बैग उठाते समय रजत के पिताजी बोले।

'पिताजी बस आप लोगों को बिना बताए आना चाहता था।' रजत बोला

'अगर बता देता तो खाना बनाकर रखती।' माँ बोली।

'माँ खाना बनाकर रखती तो ये चेहरे पर अचानक वाली खुशी कैसे देखता मैं?' रजत बोला।

'रुक मैं चाय बनाकर लाती हूँ। तू हाथ पैर धो ले।' कहकर माँ किचन की तरफ जाती हैं।

सभी बैठकर चाय पीते हैं। रजत को घर आकर बहुत अच्छा लग रहा हैं। रजत बहुत खुश था।

'रजत कितने दिनों के लिए आए हो?' पापा चाय पीते हुए बोले।

'अभी तो हूँ थोड़े दिन आप लोगों के साथ छुट्टिया बीतने आया हूँ।' रजत ने जवाब दिया।

'यहाँ सब कैसा हैं?' रजत ने पूछा

'यहाँ भी सब ठीक हैं। तेरी माँ तुझे बहुत याद करती हैं।' रजत के पिता बोले

'मैं भी आप लोगों को बहुत याद करता हूँ।' रजत ने कहा

रजत चाय पीकर बोलता हैं उसे थोड़ा-सा टहलता हैं और कहकर छत पर चला जाता हैं और घर के सामने जाकर खड़ा होकर रात के अंधेरे में पायल के घर की तरफ देखता हैं। थोड़ी देर में उसे एहसास होता हैं। उसके पीछे कोई खड़ा हैं। रजत मुड़कर देखता हैं तो रजत के पिताजी उसके पीछे होते हैं।

'अरे! आप यहाँ आपको ऑफिस नहीं जाना क्या कल सुबह?' रजत पिताजी से सवाल करता हैं।

'ऑफिस तो जाना हैं पर बेटे के साथ रोज बात करने के लिए नहीं मिलता हैं।' पिताजी ने जवाब दिया।

रजत के पिता ने आगे बात बढ़ाते हुए कहा, 'तू उसे बहुत याद करता हैं ना?'

'किसे?' रजत ने जान बुझकर बोला।

'पायल को। चल नाटक मत कर तेरे चेहरे में साफ नजर आता हैं।' पिताजी बोले

'ऐसा कुछ नहीं हैं पापा।' रजत ने जवाब दिया

'बेटा जब से पैदा हुआ तब से जानता हूँ तुझे मुझसे नहीं छुपा सकता।'

रजत एक दम खामोश हो जाता हैं उसकी चुप्पी सबकुछ बयान करती हैं।

'देख! रजत तुझसे ही हमारी खुशी है। वह आती है रोज हमसे मिलने। तेरी माँ के साथ भी बहुत समय बिताती हैं। लेकिन हमेशा शांत-शांत रहती हैं। मैंने तेरे दोस्तों से भी बात की थी तो मुझे सबकुछ पता चल गया था। देख अपने दिल की सुन और जा उसके पास।' रजत के पिता समझाते हुए बोले

'पर पापा मैं आर्मी में जाकर कोई बड़ा काम नहीं कर पाया अब तक।' रजत ने जवाब दिया।

'अरे! पागल आर्मी में भर्ती होना ही सबसे बड़ा काम हैं। तूने मेरा सीना उसी दिन गर्व से चौड़ा कर दिया था जब तू सेना में भर्ती हुआ था। मैं कितनी शान से दफ्तर जाता हु तुझे पता भी हैं। तूने हमे वह सबकुछ दिया हैं।

जिसकी हमे जरूरत थी अब अपने लिए जी और जा उसके पास।'

'आपके शब्द बहुत मायने रखते हैं मेरे लिए लेकिन अभी कुछ हैं जो मुझे पूरा करना हैं।' रजत ने जवाब दिया

'क्या पूरा करना हैं?' पिताजी हैरान होते हुए पूछे

'नहीं ऐसा कुछ खास नहीं हैं जो आपको पता होना चाहिए। अब हमे सोना चाहिए।' रजत ने जवाब दिया और वहाँ से निकाल गया।

* * *

आखरी कदम

सुबह जल्दी ही रजत घर से निकाल जाता हैं। जब माँ चाय लेकर रजत के कमरे में जाती है तो रजत वहाँ नहीं होता। रजत का बिस्तर अच्छे से जमा हुआ मिलता हैं।

'ये लड़का सुबह-सुबह कहाँ चला गया। मैं चाय बनाकर लाई थी।' रजत की माँ कमरे से बाहर निकल कर सोफे में बैठे पिताजी से बोली।

'कोई बात नहीं गया होगा घूमने आ जायेगा। अब छोटा नहीं रह गया हमारा रजत।' रजत के पिता ने कहा और वहाँ से निकल गए।

'लेकिन मेरे लिए तो हमेशा ही छोटा रहेगा भले ही कितना बड़ा हो जाए।' रजत की माँ अपने आप से कहती हैं।

रजत रॉ के ऑफिस जाता हैं।

'गुड मॉर्निंग!' रजत सभी से कहता हैं।

'गुड मॉर्निंग रजत!' सभी जवाब देते हैं।

'अच्छा हुआ तुम जल्दी आ गए। रजत हमने कुछ जानकारी जुटाई हैं जो तुम्हारे काम आएगी।' ऑफिसर ने रजत से कहा

'हाँ सर! मैं इंतजार कर रहा था कि कब कुछ जानकारी मिलेगी।' रजत ने जवाब दिया।

'रजत हमे पता चला हैं कि रसुक के पास अभी कोई नहीं हैं। जो लोग रसुक इस्तेमाल कर सकता हैं वह स्लीपर सेल से हैं जिनको इसकी कोई जानकारी नहीं हैं। हमे रसुक को आज ही ठिकाने लगाना होगा नहीं तो वह स्लीपर सेल से संपर्क कर सकता हैं।' ऑफिसर बोले

'सर! ये कैसे पता चला कि उसने अभी तक बात नहीं की होगी उन लोगों से?' रजत सवाल करता हैं।

'नहीं रजत आज का दिन आखिरी हैं। आज तक रसुक लोगों का इंतजार करेगा। वे नहीं आए तो रसुक दूसरा रास्ता अपनाएगा जो हैं स्लीपर सेल।' ऑफिसर बोले

'ठीक हैं सर! ये काम आप मुझ पर छोड़ दीजिए।' रजत जवाब देता हैं

'हाँ रजत तुम्हें ही ये काम करना हैं। तुम नये हो यहाँ के लिए तो तुम्हें कोई नहीं जानता और ये हमारे बहुत काम आएगा। रसुक को पुरी तरह से गायब कर देना। ये रही रसुक की फोटो। वह रात को एक बार जाता हैं। तुम वहाँ से कुछ कर सकते हो। बार के पास समुद्र हैं। समुद्र में से वापस आना आसान नहीं हैं।' ऑफिसर बोले

'सर! बाकि आप मुझ पर छोड़ दो।' रजत ने जवाब दिया।

'वैसे बार का नाम क्या हैं?' रजत ने पूछा

'इन्जॉय बार।' ऑफिसर बोले

'तुम उसे ठिकाने लगाओ, हम उसके घर से बारूद उठाकर ठिकाने लगा देंगे।' ऑफिसर बोले

'सर! अब मुझे चलना चाहिए कुछ काम हैं जो पूरा करना जरूरी हैं।'

'ठीक हैं रजत! संपर्क में रहना। ये लो इसे खा लो।' ऑफिसर बोले

'ओके सर! ये क्या हैं?' रजत ने सवाल किया

'ये गोली 24 घंटे के लिए तुम्हारी लोकेशन हमे बताएगी। हम तुमपर नजर रखेंगे।' ऑफिसर बोले

रजत ने गोली खा लिया और वहाँ से चला गया। फिर रजत पायल के कॉलेज गया और सामने चाय के ठेले पर जाकर बैठ गया। वह मिशन के पहले एक बार पायल को देखना चाहता था। रजत आराम से बैठकर बस के आने का इंतजार कर रहा था। पायल बस से उतरने के बाद सीधे कॉलेज जाती थी।

थोड़ी देर में बस आती हैं कुछ लोग उतरते हैं उसके बाद पायल उतरती हैं। पायल को इतने दिनों के बाद देखने के बाद रजत उसे देखते ही रह जाता हैं। पायल वही पुराने दिनों की तरह कानों में हेडफोन लगाकर अपनी दुनिया में खोई हुई कॉलेज जाती हैं। रजत की दिल की धड़कन बढ़ जाती हैं। पायल के जाते ही वह बैठा का बैठा रह जाता हैं। पायल को देखने का सुकून उसके चेहरे पर साफ नजर आ रहा था।

रजत दिन मे मिशन की तैयारी करता हैं और जितना समय हो सके अपने आप को काम के लिए तैयार करता हैं। रजत शाम को पायल के घर जाने के समय अपनी बाइक में बैठ कर उसे एक और बार देख कर जाने का सोच कॉलेज के बाहर खड़ा रहता है। उसे रसुक के पास भी जाना है पर पायल को देखे बिना नहीं जाना चाहता। पायल कॉलेज के बाहर आती है उसे देखकर रजत के चेहरे

पर मुस्कान आ जाती हैं और वह गाड़ी चालू करके जाने लगता है क्योंकि अब वक्त आ गया था जिसके लिए रजत मुंबई आया था। पायल की नजर रजत पर पड़ती हैं। पायल रजत को एक नजर देख पाती है जब तक रजत हेलमेट पहन लेता हैं।

पायल रजत की तरफ दौड़ लगती है और जोर-जोर से रजत का नाम चिल्लाती हैं। रजत थोड़ा दूर था और बाइक चालू करके जाने लगता हैं। पायल रजत को नहीं मिल पाती और बाइक दूर जाने लगती हैं। पायल एक टैक्सी में बैठ कर बाइक का पीछा करने को कहती हैं।

काफी देर पीछा करने के बाद बाइक एक गली से निकलकर आगे चली जाती हैं।

'मैडम, टैक्सी आगे नहीं जा सकती। मैं यही तक आ सकता हूँ।' टैक्सी वाला पायल से कहता हैं।

'अरे! लेकिन बाइक दूर चली जाएगी।' पायल कहती हैं।

'नहीं मैडम ज़्यादा दूर नहीं जाएगी। आगे थोड़ी दूर बाद समुद्र हैं।' टैक्सी वाला पायल से बोला।

पायल टैक्सी के पैसे देकर वहाँ से आगे पैदल निकल जाती हैं रजत की तलाश मे। आगे का इलाका काफी बड़ा था और पायल बाइक और रजत को हर जगह ढूँढती हैं।

रजत बार पहुँच जाता हैं, रजत को अंदाजा भी नहीं है कि पायल उसे ढूँढ रही हैं।

रजत राष्ट्रीय जांच एजेंसी के ऑफिसर को फोन करता हैं।

'सर! मैं बार पहुँच गया हूँ। अब मैं रसुक से मिलकर मिशन पूरा कर दूँगा।' रजत कहता हैं

'हाँ रजत हमारी टीम भी सादे कपड़ों में पास ही हैं तुम्हारी मदद के लिए। और दूसरी टीम बम को ठिकाने लगा देगी। बस ध्यान रखना वह इलाका रसुक का हैं। किसी को कानों कान खबर नहीं लगनी चाहिए। हमे रसुक को बिना सुराग के गायब करना हैं, ताकि बाद में लोग राजनीति ना कर पाए। अब सब तुमपर निर्भर करता हैं।' ऑफिसर बोले

'ठीक है सर! काम हो जायेगा। मैं बार के अंदर जा रहा हूँ।' रजत बोलकर फोन काट देता हैं।

रजत बार के अंदर जाता हैं, बार पूरी तरह से भरा होता हैं। इधर उधर देखने के बाद रजत को रसुक दिखाई देता हैं अकेला टेबल पर बैठकर शराब पीते हुए। बाकि सारी टेबल भरी होने के कारण रजत के पास अच्छा मौका था रसुक के पास बैठने का। रजत सीधे रसुक की टेबल की तरफ जाता हैं।

बार में गाने बज रहे होते हैं। धीमी लाइट से पूरा बार जगमगाता हैं। कम रोशनी में शराब, गाने और दोस्तों से बात करने का लोग लुफ़त उठाते हैं। रजत रसुक के पास जाकर खड़ा हो जाता हैं।

'भाईजान! क्या मैं यहाँ बैठ सकता हूँ।' रजत मुस्कुराते हुए बोला।

'क्यूँ? कही और जाकर बैठ।' रसुक बोला

'भाईजान! और कही जगह नहीं हैं। मैं बस थोड़ी देर बैठ कर अच्छा समय बिताना चाहता हूँ।' रजत बोला

रसुक पूरे बार में नजर घुमाता हैं।

'सुन मैं तेरा भाईजान नहीं हूँ।' रसुक ने जवाब दिया।

'कोई बाद नहीं मेरा नाम अफताफ हैं। आपका नाम नहीं पता इसलिए भाईजान बोला। चलिए कोई बात नहीं आपको और परेशान करने का इरादा नहीं।' रजत बोलकर जाने लगा

रजत को जाते देख रसुक बोला, 'सुनो अफताफ तुम यहाँ बैठ सकते हो लेकिन एक शर्त हैं।'

रजत पलटकर रसुक की तरफ देखता हैं, 'वह क्या हैं भाईजान?'

'तुम्हें मेरे लिए भी शराब लेनी पड़ेगी।' रसुक बोला

रजत सुनकर मुस्कुराने लगता हैं। 'अरे! भाईजान ये भी कोई कहने की बात हैं। अकेले बैठकर पीने से अच्छा है किसी के साथ बैठकर पीना।' रजत बोला और रजत रसुक के साथ जाकर बैठ जाता हैं।

'मेरा नाम रसुक हैं। पहले तुम्हें कभी देखा नहीं यहाँ?' रसुक बोला

'मैं थोड़े दिन पहले ही काम की तलाश में मुंबई आया हूँ।' रजत बोला

और इस तरह उनके बातों का सिलसिला शुरू हो जाता हैं। दोनों शराब के जाम पर जाम टकराते हैं।

पायल बहुत देर से रजत को इलाके में ढूँढती रहती हैं। रजत या फिर बाइक उसे कही दिखाई नहीं देते। रात काफी हो जाती हैं पर पायल हार नहीं मानती। इतने दिनों के बाद पायल रजत को दोबारा नहीं खोना चाहती।

रजत और रसुक भी काफी घुल मिल जाते हैं। कुछ देर बाद रजत रसुक से बातों ही बातों में पूछता हैं।

'भाईजान क्या हम बाहर चल सकते हैं। ठंडी हवा में रात में समुद्र के पास नशे में पैदल चलने का मजा ही कुछ और हैं और अंधेरे में समुद्र के किनारे बैठकर समुद्र को देखना और हवा का मजा लेना ही जिंदगी हैं।' रजत उत्सुकता के साथ कहता हैं।

'बात तो एकदम सच कह रहा हैं तू। मजा आएगा जब सड़क पर घूमेगे।' रसुक भी रजत की बातों से सहमत होता हैं।

दोनों बाहर निकल जाते हैं। दोनों थोड़ी देर सड़क पर घूमते हैं। इसके बाद रजत, रसुक से समुद्र के पास बैठने को कहता हैं। फिर दोनों समुद्र के किनारे बैठ जाते हैं और ऐसे ही थोड़ी बात करते हैं।

पायल भी रजत को ढूँढती रहती हैं। पायल को रजत दिखाई देता हैं, दूर समुद्र के किनारे बैठा हुआ। पायल अपने आप को रोक नहीं पाती और दौड़ते हुए रजत के पीछे जाती हैं।

'रजत!' पायल चिल्लाती हुए कहती हैं।

रजत और रसुक दोनों पलटकर देखते हैं पीछे पायल खड़ी होती हैं।

रजत के मुंह से 'पायल' निकल जाता हैं।

'रजत? तुमने तो अपना नाम अफताफ बताया था।' रसुक कहता हैं।

'रजत तुम मुंबई कब आए और बताया भी नहीं एक बार मिल भी नहीं सकते थे? ये कौन है? सेना में तुम्हारा दोस्त हैं?'

'सेना?' रसुक चौकते हुए कहता हैं और खड़ा हो जाता हैं।

रजत बंदूक निकाल कर रसुक की तरफ करता हैं पर रसुक बंदूक पर हाथ मारकर पायल की तरफ बढ़ता है और जेब से चाकू निकालकर पायल की गर्दन पर रखकर हल्का-सा चलाता हैं। पायल के गले से खून निकलने लगता हैं। रजत कूद कर बंदूक हाथों में लेता हैं पर देर हो चुकी होती हैं। रसुक के पास पायल हैं और हाथ में चाकू।

'चल बंदूक फेक दे अब वरना इस लड़की का काम तमाम कर दूँगा।' रजत बंदूक नीचे फेंक देता हैं।

'साले तू मेरा काम तमाम करने आया था। अब तुम दोनों को ऊपर पहुँचाता हूँ।' रसुक बोला।

'रजत आई लव यू।' पायल ने रजत से कहा उसकी आखों से आंसु बहने लगे थे। एक हाथ चाकू से पायल की गर्दन पर और दूसरे से रजत की गन उठाता हैं रसुक और कहता हैं, 'अच्छा तो तू इससे प्यार करती हैं तो अब इसको तेरे सामने मारूँगा फिर तेरी बारी।'

बंदूक रजत की तरफ करके रसुक का हाथ ट्रिगर पर जाता हैं।

'आई लव यू पायल!' रजत मुसकुराते हुए कहता है क्युकी वह हमेशा से पायल के मुंह से ये बात सुनना चाहता था।

गोली की आवाज आती हैं और पायल की चीख निकाल जाती है रजत को खोने का इहसास भर से पायल कांप जाती हैं। रसुक जमीन पर गिरता हैं। पायल दौड़ कर रजत को गले से लगा लेती हैं।

रजत को कुछ समझ में नहीं आता। वह इधर उधर देखता हैं। उसे पास की बिल्डिंग में एक आदमी बंदूक

लिए खड़ा होता हैं। पायल की ड्रेस में रसुक का खून लग जाता हैं।

एक कार तेजी से आती हैं। रसुक की बॉडी को कार के पीछे डालकर वहाँ पर केमिकल से खून साफ किये जाता हैं। काम इतनी जल्दी और सफाई से होता है कि कोई बता भी नहीं पाए वहाँ कुछ हुआ था। पायल ये सब देखती ही रह जाती हैं। एक और कार आती है जिसका दरवाजा खोलकर एक बंदा बाहर निकलता है और पायल और रजत को जल्दी से अंदर बैठने को कहता है। जैसे ही पायल और रजत कार में जाते है कार वहाँ से तेजी से निकाल जाती हैं।

एक बंदा जल्दी से बाइक लेकर आता हैं और बाइक के साथ जगह पर खड़ा हो जाता हैं। बाइक के पीछे का टायर फटा हुआ रहता हैं।

गोली की आवाज सुनकर लोग इकट्ठा हो जाते है।

'गोली चलने की आवाज आई थी यहाँ से।' लोगों में से एक बंदा बोलता हैं।

'गोली की आवाज?' बाइक वाला हँसते हुए बोलता हैं।

'हाँ सुनने में तो ऐसा ही लगा।' भीड़ में से एक बंदा बोला

'भाई मेरी बाइक का पीछे का टायर फट गया था। ये उसकी आवाज थी। ये देखो और बताओ की टायर कहाँ बना सकते है रात मे?' बाइकर हंसने लगा।

लोग पीछे का टायर देखकर हंसने लगते हैं।

'चलो भाई! कुछ हुआ नहीं ये तो टायर फटा हैं। तुम आगे चौराहे में चले जाओ वहाँ बन जाएगा टायर।' कहकर लोग वापस चले जाते हैं।

कार में रजत को थामे पायल सहम कर बैठी है। पायल के कपड़ों में रसुक का खून लगा होता हैं। पायल की आंखे बंद है और सिर रजत के सीने में हैं।

'पायल सब ठीक हैं।' रजत मुस्कुराते हुए बोला।

'क्या? ठीक हैं। अगर वह गोली मार देता तो?' पायल ने कहा।

'तो क्या हुआ पायल। कभी-कभी हीरो को मरना होता हैं ताकि दूसरे जी सके।' रजत ने कहा

'ऐसा मत बोलो रजत मैं नहीं पूछने वाली ये सब क्या था और क्या हो रहा है। बस अब मुझे छोड़कर मत जाना तुम। पायल ने रजत की बाहों में जाकर कसकर गले लगाते हुए बोला।

'पायल अच्छा होगा तुम ये सब ना ही जानो तो। मेरा फर्ज मुझे इजाजत नहीं देता कुछ भी बताने से जब बात देश की हो।' रजत ने कहा

गाड़ी एक जगह जाकर रुकती हैं पायल को लेकर एक लड़की अपने साथ जाती हैं और ऑफिसर रजत को बुलाते हैं।

'रजत अच्छा काम किया।' ऑफिसर बोले

'सर! पायल को कहाँ लेकर गए?' रजत ने पूछा

'कही नहीं बस नहाने और नए कपड़ों के लिए रजत।' ऑफिसर ने जवाब दिया

'सर! आपने इस प्लान के बारे में नहीं बताया था।' रजत बोला

'इतने जल्दी सबकुछ हुआ कि मुझे कुछ समझ ही नहीं आया।' रजत ने आगे कहा

'रजत ये हमारा प्लान बी था। हमारे आदमी पहले ही वहाँ थे और तुम्हारी दवाई हमे बता रही थी तुम कहाँ हो? गोली चलती तो टायर का बहाना करना था। हम लोग ये सालों से कर रहे हैं। रजत हमने लोगों को प्रशिक्षण दिया हैं कि कैसे काम जल्दी से जल्दी खत्म कर सकते हैं। सालों के प्रतिदिन प्रशिक्षण से ये मुमकिन हुआ हैं और तुम्हें क्या लगा हम तुम्हें अकेले जाने देंगे। हम हमेशा तुम्हारे साथ थे। बस ये लड़की वाला भाग हमारे लिए भी नया था फिर भी हमेशा नए चैलेंज तो हमारी नौकरी का एक हिस्सा हैं। बम भी बरामद हो गया हैं। रसुक हमेशा के लिए लापता हो गया है और तुम तुम्हारी दोस्त के साथ घर जा सकते हो।'

'तुम्हारी बाईक बाहर खड़ी हैं। तुम्हारे साथ काम करके खुशी हुई।' ऑफिसर ने कहा

रजत, पायल को लेकर वहाँ से चला जाता हैं और दोनों जाकर मरीन ड्राइव पर बैठ जाते हैं। दोनों समुद्र की तरफ देखते हैं।

'पायल वह मैं' रजत कुछ कहने को होता हैं।

'बस! अब कुछ कहने की जरूरत नहीं है रजत। ऐसे ही रहो' कहकर पायल रजत के कंधे पर सर रख देती हैं। दोनों समुद्र की तरफ देखते हैं। पायल के चेहरे पर काफी दिनों बाद मुस्कान दिखाई देती हैं।

•• <u>**समाप्त**</u> ••

* 9 7 9 8 8 9 0 2 6 8 9 9 0 *